最新
應用文彙編

（二次修訂版）

呂新昌◎編著

臺灣商務印書館 發行

二次修訂版序

拙作《最新應用文彙編》，先於一九七六年二月自行出版，並蒙恩師國立台灣師大唐傳基教授賜序。後有學校同仁建議：好的作品應請大書局或大出版社發行，以廣流傳。幸蒙台灣商務印書館編輯部諸位博雅君子垂愛，於一九七九年五月發行修訂版，至一九九九年三月，修訂版已第八次印刷。

今（二〇〇〇）年四月底，忽接台灣商務印書館編輯部賜教，略謂拙作「初版至今已逾二十載，茲以『應用文』容或隨時代進步而有所改變，為期提供讀者最新實用之需求，需否酌情修訂？」於是拋開雜務，專心做重修增訂的工作，以報答商務印書館的關愛勉勵。

舊作共分十二章，分別是：概說、書信、便條與名片、廣告啟事、電報、柬帖、會議文書、公文、契約、規章、對聯和題辭，以及慶弔文；重修增訂時，刪除電報，增加履歷表及自傳、簡報、和書狀三章。刪除電報的原因是：一、電報已列入八十二年二月三日總統修正公布的「公文程式條例」之中，沒有必要另立一章敘說。二、如今行動電話（大哥大）已普及，比電報還要方便。至於增加履歷表及自傳等三章的理由，已在第一章第四節應用文的種類中說明白了，在此不再重複。

重修增訂後之布局架構為：第一章概說，第二章至第十四章分別是：書信、便條與名片、履歷表及自傳、廣告啓事、柬帖、會議文書、公文、契約、規章、對聯和題辭、慶弔文、簡報，以及書狀等十三類。至於取材的原則，仍舊是以三大原則為主：一、在日常生活中應用較多的。二、在形式上有一定格式的。三、比較合乎時代需要的。所以在公文一章中，完全按現行公文程式條例講述，而其格式則是採用考選部公告的「新格式」。

本書各章，仍先說明其意義、種類，或目的、用處，然後再講述其結構、格式和寫作要點，最後再舉實例以供參考。雖然為了篇幅的關係，舉例不多，但是對各類應用文的作法都有詳細的說明，讀者詳細閱讀之後，自可舉一反三，運用無窮。

應用文的本質是一門實用的學問，而實用的東西，常隨時代的進步而演變。我們出外工作，不論公私機關，撰擬各類文稿是不能避免的，尤其是一切都以文字為憑，如何維護機關的形象，如何確保個人的權益，都需要用到應用文，所以加強這方面的能力，是很有必要的。本書為了方便社會人士自修、參考及適合學校採為教本，所以都用白話文敘述，力求簡明。同時在各章之後，附有「自我評量」，供讀者研習之後，自作練習，以加深印象，進而達到學以致用的要求。

編者才疏學淺，難免有掛漏謬誤的地方，敬請　先進賢達多予指正。

呂新昌 兩千年仲夏識於萬能學院

最新應用文彙編　目錄

第一章　概說

第一節　應用文的涵義

語言和文字，都是人類用來表情達意的工具，語言用聲音來表達，文字用符號來表達。語言的產生和運用，應在文字之前，而社會一天一天的進步，生活情況也一天比一天複雜，只靠語言來表情達意，就漸漸的感到不夠了；加上語言的缺點，受到時間和空間的限制，就時間方面來說：昨天講的話，今天聽不到，今天說的話，明天也聽不到。就空間方面來說，這裡講的話，遠處的人聽不到，遠方的人說話，我們也聽不到。因為當時沒有錄音重播的設備。為了補救這些缺點，於是人類創造了文字。等到把文字聯綴起來成為各種文章，用來突破時間和空間的限制，人類社會也由野蠻而步入文明了。因此，我們可以說：文字的功用是代替語言來表情達意的，它能使我們表達出來的情意不受時間和空間的限制。只要有文字記載，我們的情意可以傳到遥遠的地方，也可以留傳到永久的將來。

我們知道應用文是文章的一種，而文章本身就是用來表情達意的一種工具，也就是說各種文章都是因應需要而寫作的。那麼我們何必又提出「應用文」這個名詞呢？從字面上看，應用文這個名詞，似乎值得斟酌，可是深入再想，應用文和一般的文章是有些地方不相同的。例如：社會科學或自然科學這方面的論文或專著，是全為學術研究而寫作的，目的並不在當前的實用。又如詩歌詞賦等純文藝的作品，意在發抒情感，也不是為日常生活的應用而作的。但是從廣義方面來說，世界上沒有一種毫無作用的文章，為研究學術而作的文章，其功用就在研究學術；為發抒情感而作的文章，其功用就在發抒情感。不過拿實際的日常生活來說，這些文章——研究學術或發抒情感，終究不是人人所必需的。因此，嚴格說起來，不能算是應用文。那麼什麼才可以算是應用文呢？我說：在實際的日常生活中，具有實際應用價值的文章，我們才把它稱為應用文。所以，我們可以為應用文下一個簡明的定義：「應用文是文章中的一部分，舉凡公私交往，與實際生活有關的事情，都包括在內，它不像普通文章，它要遵循社會上所通行的一定格式而寫作。」

第二節　應用文的特質

應用文和普通文章不同，現在分別說明如下：

一、**內容方面**：應用文取材於實際日常生活中的事情，有一定的範圍。而普通的文章則沒有一定範圍，可以任意發揮，毫無拘束。

二、**形式方面**：應用文有固定的格式和專門用語，必須依照一般的習慣去寫作。而普通的文章則沒有這些限制。

三、**對象方面**：應用文有特定的對象，針對一個人或某些人，只有對這些特定的對象才適用。而普通文章則沒有特定的對象，任何人都可以閱讀、欣賞或批評討論。

四、時空性方面：應用文因在形式上要依照一般的習慣，在對象方面有特定的對象，而習慣會因時代的變化而演變，對象也會因人事的變化而變動，所以應用文在時間和空間上都有相當的限制。而普通的文章便沒有這些限制，只要是篇好文章，有價值，那全國全世界的人都可以閱讀，幾百年或幾千年以後的人也可以閱讀。

第三節 應用文的寫作原則

寫作應用文，要注意下列六大原則。

一、**要適合時代精神**。現在是民主時代，是科學時代，所以現代的應用文要盡量含有科學知識和民主精神，義理要和平，語句要謙恭，態度要誠懇，安排要妥貼，要摒棄過時的官僚口吻，階級觀念，及一切迷信陋俗等惡劣的習慣作風。

二、**要根據現行格式**。應用文依其種類，各有不同的格式。有現成程式或規定的當然要根據現行的規定來寫作，沒有規定程式的，便要採用目前通行的形式。凡是已經廢棄的法令和不合時代的舊例，都不能勉強採用。

三、**要具備多種智識**。應用文是日常生活中具有實際應用價值的文章，而日常生活的內容是廣大複雜的，所以要寫作應用文，除了對應用文本身要研究熟悉外，還要具備各種智識。如果對政治、經濟、法律、教育、軍事、建設及工商業等各種常識，都能有些了解，或是有相當修養的話，那麼在下筆寫作應用文時，就要方便多了。

四、要認清特定對象。應用文都具有特定的對象，所以寫作應用文時，首先要認清特定的對象，然後確定彼此之間的關係和權利義務，務求關係分明，權利義務清楚。如果語氣意思含含糊糊，對象不明，權利義務不清楚，那就失去應用文的立場了。

五、要切合實際事實。應用文要以實際的事實為內容，不可採用阿諛浮泛的詞句。如寫契約，便必須寫明當事人姓名、事物、標的、規格及數量等，一切都要根據事實，切合實際。

六、文字要簡潔明確。應用文是大眾應用的文字，一定要讓大眾易讀易懂，不允許發生曲解或誤解的事情，所以一定要簡潔，不必要的話不寫，更要明確，把條理分析清楚，使收看的人一目了然，都能有正確的認識。

第四節　應用文的種類

應用文是我們日常生活中具有實際應用價值的文章，而我們的生活內容是無限的，所以應用文的種類也是無限的，大至國際間簽訂的宣言條約，小至收據便條等，都是應用文的一種。如果要把這麼多的應用文都拿來研究、學習，在時間上是不允許的，而且事實上也沒有必要。可是，如果把應用文的種類分得太簡單了，在這複雜的社會裡，也是不夠用的。所以，儘管應用文的分類方法很多，但是我們只能把握三大原則，選擇一部分日常生活常用的來加以說明討論。這三大原則是：

一、在日常生活中應用較多的。如書信、便條、名片、啓事、招貼及廣告等。至於專門性的應用文，我們只好省略了。

二、**在形式上有一定格式的**。如公文、契約、規章等。至於有些應用文可以自出心裁，不拘形式的，只好從略了。

三、**比較合乎時代需要的**。如書信、公文、會議文書等，都選用最新的、現行的來說明，陳舊的、過時的，只好割愛了。

根據以上三大原則，我們可以把應用文分成十三大類：

一、書信　　二、便條與名片
三、履歷表及自傳　　四、廣告啓事
五、柬帖　　六、會議文書
七、公文　　八、契約
九、規章　　十、對聯和題辭
十一、慶弔文　　十二、簡報
十三、書狀

現在分別說明如下：

一、**書信**。寫信是我們聯絡感情，互通消息或交換意見最普通的方法。因為人是活動的，我們不可能永遠在一起，既不在一起，又要表情達意，那只有靠書信了。所以書信列為應用文的第一類，也是很重要的一類。

二、**便條與名片**。便條與名片原是簡便的書信，也都是書信的一種變式，因為便條和名片，遠較書信簡單方便，在這寸陰寸金的社會裡，自然也有被充分利用的價值，而且它的格式和作法，也都和書信有些不同的地方，所以單獨成為一類，也是理所當然的。

三、**履歷表及自傳**。履歷表是填寫個人學歷和經歷的主要表格，也是自我推銷的重要工具。自傳是一種傳記性質的文學，由於寫作目的不同，可以寫自我回憶與反省，也可以在謀職時推荐自己。在今日工商發達的社會，任何人在謀職任事時，都必須填寫一份履歷表和自傳以推銷自己，所以我們也把它列為一類。

四、**廣告啓事**。廣告啓事都是向大眾宣達公告的文件，其作用都在對普通的人或特定的人有所陳述，而希望達到我們所預定的目的。這是一種應用極廣，體裁眾多的應用文，所以也有形成一類的必要。

五、**柬帖**。柬帖是書簡卡片，是通知親友陳述事情的文字卡片，實際上也是書信或便條的一種，但是由於社會進步，交際繁雜，柬帖已被廣泛的應用了，而且其格式和用語，早已脱離書信和便條而自成一格了，所以我們也把它列為一類。

六、**會議文書**。會議是現代國民生活所不可少的一項活動，因此如何來寫作會議文書是一件很重要的課題，所以我們也把它列為應用文的一類。

七、**公文**。公文是政府機關推行公務，溝通意見的重要工具。而現在是民主時代，人民是國家的主人，所以人民要向政府機關表達意見，或提出願望等，也須要用公文，故公文是應用文中最重要的一部分了。

八、**契約**。契約是一種法律行為，用來規定當事人雙方的權利義務。凡是二人以上，以互相同意的事項，根據法律與習慣訂立條件來共同遵守，而用文字書寫下來作為憑證的，就叫做契約。契約是人事關係或財產關係中，所必需應用的文書。社會組織益複雜，社會關係越繁雜，則契約的應用就越廣泛了。

所以契約是應用文中很重要的一類。

九、**規章**。凡一個機關或團體，用書面來記載它的組織、秩序、以及治事方針和手續，而用分章分條的方式列舉的，都叫做規章。現代是法治的時代，也就是依法而治的時代，大至國際間的交往、國家的施政、政府的制度，小至工商社團的組織、業務方針、處理程序等，都必須有一定的規範和定則。因此，規章當然也就自成應用文的一類了。

十、**對聯和題辭**。對聯是表達稱頌、讚美或鼓勵的意思，而又要講對仗聲韻的文字；題辭是用簡單的語句來表達稱頌或讚美意思的文字。二者都有一定的規律，所以也有單獨成為一類的必要。

十一、**慶弔文**。慶弔文是慶賀人家喜事和弔唁人家喪事的應酬文字。擴大來說，凡是喜慶和喪祭禮節中應用的文字，都可以說是慶弔文，所以我們也把它列為一類。

十二、**簡報**。現在是一個行銷的時代，任何機關、學校、和團體，都不可能閉關自守，坐任業績式微，而必須多作溝通、宣傳，傳達各種資訊以拓展業務。要達到這個目標，簡報是最有效的方法之一。因此，我們也應把它列為一類。

十三、**書狀**。書狀是一種信守的文書，其內容往往僅就一件事，表明當事人應享有之權利，或應履行之義務，或是證明當事人之資格、身分，由一方簽署後交付他方收執為憑的。在日常生活中，可以說人人都接觸得到的，所以也應把它列為一類。

以上十三類都是現代日常生活中所必需要用的應用文，也是本書要研究討論的範圍。至於各類之中，又可以分為若干小類，如何取捨，都留到分章說明時再討論了。

第五節 應用文的用處

應用文的用處很多，簡單的説，約有下列四項：

一、**代替交際應酬**。迎生送死，要祝賀、慶祝、慰問、悼唁一番，這些交際應酬的文字，都是應用文，是一種禮貌上的代替應用。

二、**保證私人信用**。私人往來，借貸、租賃、擔保、契約、聘書、同意書、遺囑等，都是用應用文來作文字憑證的。

三、**辦理公眾事務**。人民與機關團體間，或機關團體彼此之間，所有往來的公文，都是靠應用文來辦理的。

四、**運用人事應對**。如請託、推薦、介紹、謀求、控訴等人事上的應對與運用，都要靠應用文。

自我評量：

1. 試述應用文的定義。
2. 應用文有那些特質？
3. 寫作應用文要注意那些原則？
4. 我們根據什麼原則，把應用文分為十三類？是那十三類？
5. 應用文有那些用處？

第二章　書信

第一節　書信的意義和種類

書信是一種人與人之間聯絡感情，互通消息或交換意見的應用文。凡是個人間的通訊、問候、述事或論道等一切用文字書寫，而給特定的對象收閱的文章，都可以說是書信。再進一步說，書信雖只限於個人間應用，但其內容並不限於私事，即使是洽談公務，仍不失為書信。

書信的名稱，自古以來就沒有一定的說法。由於時代的不同，或是所用的材料不同，因而產生各種不同的名稱。這些不同的名稱是：書、啓、移、簡、刀筆、帖、牘、箋、札和函等。現在「書信」已是一個合義複詞。其實書與信的涵義是不同的。書是函札；信是指信差及音訊。古代信與訊二字相通，所以叫使者為「信」。俗語說「傳書帶信」，傳書固然要有書，而帶信卻不一定有信，也許只不過是帶個口信而已。只有現代的郵差先生，才是名副其實的帶信者。現代已將「書」「信」合稱，其餘的名稱都隨時代的變遷而不用了。

我們在日常生活中，寫信、寄信、平信、掛號信等，已經成為習慣用語，而書信的功用，也在一天一天的擴大，在應用文中，書信是最普通最重要的一種。因此，書信的種類可以說是不勝枚舉的。雖然如此，但是為了研究的方便，我們還是要把它分門別類，大致說來，可以勉強把它分成兩大類：

一、**對人而言**——就發信人的關係來說。

1.對家庭。2.對親戚。3.對師長。4.對朋友。

二、**對事而言**——就發信人的目的來說。

1.純粹應酬的——如慶賀慰唁之類。

2.實際應用的——如借貸、請託、餽贈之類。

3.發表意見的——如論道講學之類。

4.發抒情感的——如通候求愛之類。

以上兩大類，事實上並不可能劃分得很清楚，因為有人才有事，事是附麗於人的，人與事是不可分割的，所謂人事人事。而書信的對象是人，是特定的人，因此在原則上來說，似乎應該以人來分類較為妥當；但是如果只有人在那裡，而沒有事實的需要，那麼便不必要寫信了。要寫信，必定有事實的需要，所以以事來分類，也是不可以忽略的。總之，寫信時必須把人和事弄清楚，然後再靈活運用，注意語氣、款式，才容易達到寫信的目的。

第二節　書信的結構

書信的範圍廣泛，內容不一，可以敘事，可以說明，可以議論，也可以抒情。大至論政說道，小至寒暄問暖，閒話家常，無所不用，無所不包。在這種所謂大小由之的情況下，要把書信寫得層次分明，敘述清楚，當然先要了解它的結構才行。

書信的結構，大體說來，可以分為三部分。第一部分是前文，是開始時幾句禮貌的應酬話，包括：稱謂和提稱語，開首的敬辭和開首的應酬話。第二部分是正文，也就是一封信的主體，是表情達意的重心。第三部分是後文，也就是結束時的應酬話，包括：結尾的應酬話，結尾的敬辭，和署名及年月日等。現在列表說明如下：

書信結構表

- 前文
  - 稱謂和提稱語：對受信人的稱呼，要適合雙方的關係。提稱語是在稱謂之下，表示請求受信人察閱的意思，要適合受信人的身分。
  - 開首的敬辭：陳述事情的發語辭，現在大多不用了。
  - 開首的應酬話：內容包括：應時應酬語，德業頌揚語，起居問候語，或是離別懷念語等。
- 正文：是一封信表情達意的重心，要合情理，最應注意，不可敷衍。
- 後文
  - 結尾的應酬語：包括：候覆語、祝禱語、致歉語或保重語等。
  - 結尾的敬辭：敬語——如「肅此」或「耑此」等，可以省略。問候語——如「敬請福安」等，要配合受信人的身分。
  - 署名：要和前面的稱謂相呼應，所以表示通訊人雙方的關係，也是表示負責的。
  - 年月日：標明寫信的時間，對一封信的時間性很有作用。

此外，補述及附候語，如因事實的需要，可以在信尾另列一行書寫，但是對尊長及比較鄭重的信件還是不用比較妥當。

上表所列各項，並非每一封信都要如此完備，其實一封信只要有正文，它的效用也就有了。然而書信是代表語言的，假使你去找一位朋友商量一件事情，總不能一見面就開門見山的説出來，必須先寒暄兩句，然後再談到正事。臨別的時候，也要説聲「再見」。而寫信時先寫兩三句禮貌的應酬話，正是和見面時的寒暄一樣；末了的應酬話，就等於分別時的一聲再見，都是不可以忽略的。

第三節　書信的作法

我們無論寫什麼樣的書信，除了首先要表明自己的立場外，便是要注意寫作的技巧。表白自己的立場，就是要弄清楚自己和受信人的關係，然後再根據關係的尊卑遠近來斟酌所用的稱謂和語氣等等。至於寫信的技巧問題，現在提出下列四項原則來加以説明。

一、**態度要誠懇謙虛**。我們在社會上與人交往，務必要誠懇謙虛，才能博得他人的認同和支持，寫信時也是一樣，不管信中的內容如何，一定要誠懇謙虛，不可以虛偽傲慢，才能感動對方。也就是要不欺人、不騙人、真心真意、老實謙虛，即可以無愧於心，又可以感動對方。如果偶然一不謹愼，在態度方面露出傲慢、輕侮和虛偽等毛病，便容易招致誤會而破壞情感。大體説來，對尊長的信宜恭敬，對平輩的信宜友愛，對晚輩的信宜勉勵。

二、**行文要簡明委婉**。寫信的目的在表情達意，行文應力求簡要明白，使對方一目了然；千萬不可囉囉嗦嗦，三兩句話可以說完的事，硬要拉長到七八句來說，這樣就是囉嗦，也是使人討厭的，不但浪費了自己的時間和精力，同時也浪費了看信人的時間和精力，對己對人，都沒有好處。話雖如此，但是也不可以為了求簡，而忽略了明白，使文辭晦澀難讀，或是疏漏馬虎。同時也要注意婉轉，文辭的婉轉動聽，是獲得他人好感的重要因素之一，也是不可以忽略的。

三、**措詞要適當得體**。前面說過，寫信時先要明白自己的立場，在措詞方面才能有所依據。因為人我的關係，有親有疏，彼此的感情，有厚有薄，加上收信的對象，也有尊卑親疏之分，所以我們寫信時先要斟酌彼此的關係與情感來決定信上所用的詞句和語氣。對於親密的人，不可以徒事粉飾文辭而失去真情，對於疏遠的人，也不必曲意奉承，過分親暱，務必要不亢不卑，不驕不諂，不故作苛論，不求快一時，綜合起來，適當運用才是。

四、**格式要合乎時尚**。時代是進步的，任何事物都隨著時代的演進而革新，書信自也不例外。以前書信常用的敬辭、應酬語等，如「大人」、「閣下」、「德化」、「仁風」等，那些虛偽無聊的廢話，實在是沒有意思。還有從前那些四句頭的應酬套語，或是幾句排偶文章，以及不必要的提稱語等，現在都應該得省且省。實在說起來，一封信主要的部分是：「稱謂」、「正文」和「署名月日」這三部分。其次是有時為了禮貌上的必要，加上幾句敬辭和應酬話也就夠了。而從前極重視的「三抬式」和「雙抬式」等，現在都已成為歷史的陳跡了。我們寫信時，應該採用合乎時尚的格式，才不致招人笑話。

第四節　書信的格式

書信的格式可以分為新式格式和舊式格式來加以說明。而新式的書信格式，又可以分為兩種：第一種格式大多用於親友之間的普通書信，包括：1.稱呼。2.正文。3.署名和年月日等三項。第二種格式大多用於商業公務上的往來書信，包括：1.開首敬辭。2.正文。3.稱呼。4.署名和年月日等四項。舊式書信的格式則大概可以分成八部分：1.稱謂和提稱語。2.開首的敬辭。3.開首的應酬話。4.正文。5.結尾的應酬話。6.結尾的敬辭。7.署名和年月日。8.補述。現在詳細說明如下：

壹、新式書信的格式

一、第一種格式，包括稱呼、正文和署名月日等三項。大多是用在親友之間的普通書信，其格式如下：

○○兄：

××××××，××××××，××××××。×××××××，××××××××××。××××××，××××××××××。××××××，×××××××。

弟　○○　敬上
×年×月×日

稱呼是發信人對受信人的一種尊稱，要適合雙方的關係和感情才行。新式書信的稱呼，與口頭上慣用的稱呼一樣，平時口頭上怎麼稱呼，寫信時就用那個稱呼，不必更改，這樣才能表示親切。稱呼之上如果要用名號時，要注意下列幾點。

1.對長輩或平輩都要稱他的字或是號。對晚輩才可以直接稱他的名字。

2.自稱應該用姓名，不可以用字或是號。

3.同時有兩種關係的，應該選用比較客氣的一種。例如對方是表哥也是老師，應稱老師，不應稱表哥。

4.對直系尊長只能用稱呼，不可以加上他的名號，自稱時則只能寫名，不可以加姓。

5.對幼輩可以直稱他的名字，自己則具名或用字號都可以。

稱呼寫出之後，不論什麼人，一定要再加冒號「：」，表示已經稱呼了，也表示禮貌。

正文是書信的重要部分。我們通信，有什麼話要向對方說明的，就要把這些話寫出來，寫得簡單明白就行了。一般說來，正文的寫法，有兩種格式：第一種是分段式，就是在稱呼之後，另換一行寫起，第一段寫完了，再換另一行寫第二段。這種分段式的寫法，每段開始時，都要低一個字或兩個字寫起。第二種是直行式的寫法，就是在稱呼和冒號之後，接著就寫正文，不必另換行，也不必分段，一直把正文寫完。正文在新式的書信裡，都用白話寫，而且要用標點符號，才容易使對方看得懂。寫完之後，自己一定要再檢查一遍，看看有沒有錯誤遺漏的地方。

署名就是寫自己的姓名，不可以用字號。署名之上要加自稱，自稱與上面稱呼對方所用的稱呼要配合。姓名寫在那一行的中間，自稱寫在姓名之上，要偏右方。署名之下，再加上一個敬辭，對長輩用「敬上」或「謹上」；對平輩用「敬啓」，不很熟悉的人可以用「鞠躬」；對幼輩可以署名即可，不必加敬辭，有時也可以加一個「白」字，或是「啓」字。敬辭之下，要寫明發信的時間，某年某月某日，寫在偏右邊。

二、第二種格式，包括開首敬辭、正文、對方名號和署名年月日等四項。大多是用於商業公務上的往來書信。其格式如左：

敬啓者：××××，×××××，××××。×××，×××××，×××××。×××。××。×××××，×××××，×××××。

此致

○○先生

○○○啓

×年×月×日

開首敬辭是表示對收信人的一種禮貌，對商店、團體、機關、或是不認識的人，有書信來往時，在信的開端無法稱呼對方，就用這種開首敬辭。先去信用「敬啓者」或是「逕啓者」，回信用「敬復者」或是「逕復者」。如果不用敬辭，也可以用引辭，如「前承」，「前閱」，或是「前聞」等字樣，以便追述前情，引出正文。

正文的寫法與第一種格式的寫法相同，可以分段，也可以不分段。

在正文寫完時，要加上「此致」或「此上」二字，可以接著寫在正文之後，而一般都是另換一行上空二字來寫。此致之後，便是稱呼對方了。如「○○經理」或「○○先生」，工商行號不知對方的姓名時，都用「執事先生」。也可以不稱私人名字，而直接稱機關團體的名稱，如「××公司」或「××學校」等。稱呼對方，一定要跟此致二字分開，另換一行頂格書寫。

署名可以用私人名義，也可以用機關團體的名義，用寫的或是蓋印章都可以。署名之下再寫「啓」，「上」，「敬啓」，「敬上」或是「敬復」等字樣。署名下偏右方要註明發信時間×年×月×日。

一般說來，新式書信寫給長輩時，要用正楷，給平輩或幼輩時，可以用行書。用毛筆、鋼筆或原子筆都可以，不可以用鉛筆或有色筆。客氣的信用八行箋的信紙，或是印好的信紙，不客氣的信可以隨便用。書信的摺疊也有方法，給長輩的先豎摺，再橫摺，平輩或幼輩可以任意摺，不過寫信的一面，一定要向外，第一頁稱呼要對著信封正面，務使收信的人拆開之後，便可以從頭看下去。

貳、舊式書信的格式

舊式書信大概可以分成八部分：

一、稱謂和提稱語。
二、開首的敬辭。
三、開首的應酬話。
四、正文。
五、結尾的應酬話。
六、結尾的敬辭。
七、署名和年月日。
八、補述。

現在分別說明如下：

一、**稱謂和提稱語**。信的開端，就是稱謂和提稱語。稱謂是發信人對受信人的一種稱呼；提稱語在稱謂之下，表示請求受信人察閱的意思，所以和稱謂一樣，都要適合受信人的身分。例如給朋友的信，開頭就寫：「某某仁兄大鑒」，「仁兄」是稱謂，「大鑒」是提稱語。又如給父母親的信，開頭就寫「父母親大人膝下」，「父母親大人」是稱謂，「膝下」是提稱語。稱謂和提稱語，都是表示發信人和受信人的關係，都是很重要的。倘若運用不當，不但是失體，而且鬧笑話，貽笑大方。現在把書信用的稱謂和提稱語列表如下：

(一)稱謂。是發信人對受信人的稱呼，由於雙方之間關係的不同，又可分為家族、親戚、世交、及工友等四類。

1. 家族間的稱謂：

稱人	自稱	對他人稱	對他人自稱
高祖父母	玄孫、孫女	令高祖父母	家高祖父母
高伯(叔)祖父母	玄姪孫、孫女	令高伯(叔)祖父母	家高伯(叔)祖父母
曾祖父母	曾孫、孫女	令曾祖父母	家曾祖父母

曾伯（叔）祖父母	祖父母	伯（叔）祖父母	父母親	伯（叔）父母	兄嫂（或某哥姊）	弟弟媳（或某弟妹）	姊妹	吾夫（或稱兄稱哥）某某（單稱名或字）
曾姪孫孫女	孫孫女	姪孫孫女	男（或兒）女	姪姪女	弟妹	兄姊	弟兄妹姊	妻（或稱妹）某某
令曾伯（叔）祖父母	令祖父母	令伯（叔）祖祖母	令尊（或尊公尊翁）堂（或尊堂尊萱）	令伯（叔）伯母（叔母）	令兄嫂	令弟弟婦	令姊妹	令夫君某先生
家曾伯（叔）祖父母	家祖父（或家大父）母（或家大母）	家伯（叔）祖祖母	家父（或家君，家尊）母（或家慈）	家伯（叔）伯母（叔母）	家兄嫂	舍弟弟婦	家姊舍妹	外子或某某

吾妻（賢妻或某妹）某某（單稱名或字）	夫或某某	尊嫂夫人（或尊閫）	內子人
吾兒女（或幾兒女某兒女）	父母	令郎媛	小兒女
賢媳（或某某或某兒女）	父母	令媳	小媳
幾姪姪女（或賢姪姪女）	愚伯（叔）伯母（叔母）或伯（叔）伯母（叔母）	令姪姪女	舍姪姪女
幾孫孫女（或某孫孫女）	祖祖母	令孫孫女	小孫孫女
賢姪孫孫女	伯祖祖母，叔祖祖母	令姪孫孫女	舍姪孫孫女
君舅姑（或父母親）	媳（或兒）	令舅姑	家舅姑
伯翁姑（或伯父母）	姪媳	令伯翁姑	家伯翁姑
叔翁姑（或叔父母）	姪媳	令叔翁姑	家叔翁姑

說明：

①凡尊輩已歿，「家」字應改為「先」字。自稱已歿之祖父母，為「先祖父母」或「先祖考」、「先祖妣」。稱已歿父母，父為「先父」、「先君」、「先考」；母為「先母」、「先慈」、「先妣」。

②稱人父子為「賢喬梓」，對人自稱為「愚父子」。稱人兄弟為「賢昆仲」、「賢昆玉」。對人自稱為「愚兄弟」。稱人夫婦為「賢伉儷」，對人自稱為「愚夫婦」。

③家族間幼輩稱呼，「賢」字大可不用；即媳婦亦可不用。

④凡同胞兄弟姊妹，舊例稱謂時都加一「胞」字，如「胞兄」、「胞妹」，現在可以不用，只稱「大哥」、「三妹」就行了。

⑤舅、姑對媳婦，本多自稱愚舅、愚姑，因與舅父或姑母之稱有時相混，故用一「愚」字。其實可自稱父母，或直接用字號就好。

2.親戚的稱謂：

稱人	自稱	對他人稱	對他人自稱
祖姑丈、祖姑母	內姪孫、內姪孫女 姪孫、姪孫女	令祖姑丈、令祖姑母	家祖姑丈、家祖姑母
姑丈、姑母	內姪、內姪女 姪、姪女	令姑丈、令姑母	家姑丈、家姑母
舅祖父、舅祖母	甥孫、甥孫女（或彌甥、彌甥女）	令舅祖父、令舅祖母	家舅祖父、家舅祖母

外祖父、母	外孫、孫女	令外祖父、母	家外祖父、母
舅父、母	甥、甥女	令母舅、令舅母	家母舅、家舅母
姨丈、母	姨甥、甥女	令姨丈、母	家姨丈、母
表伯（叔）父、母	表姪、姪女	令表伯（叔）、伯（叔）母	家表伯（叔）、伯（叔）母
表舅父、母	表甥、甥女	令表母舅、表舅母	家表母舅、表舅母
太岳父、母	孫婿	令太岳、岳母	家太岳、岳母
岳父、母	子婿（或婿）	令岳、岳母	家岳、岳母
伯（叔）岳父、母	姪婿	令伯（叔）岳、岳母	家伯（叔）岳、岳母
姻伯（叔）父、母	姻姪、姪女	令親	舍親

太姻伯（叔）父／母	姻再姪／姪女	令親	舍親
姊丈（或姊倩）	內弟／姨妹（或弟／妹）	令姊丈	家姊丈
妹婿（或妹倩）	內兄／姨姊（或兄／姊）	令妹丈	舍妹婿
表兄／嫂	表弟／妹	令表兄／嫂	家表兄／嫂
表弟／弟婦	表兄／姊	令表弟／弟婦	舍表弟／弟婦
內兄／弟	姊／妹婿	令內兄／弟	敝內兄／弟
襟兄／弟	襟弟／兄	令襟兄／弟	敝襟兄／弟
姻兄／嫂	姻（愚）弟／妹（或侍生）	令親	舍親
賢內姪／姪女	愚（或愚姑丈／母）	令內姪／姪女	舍內姪／姪女

賢外孫／孫女	外祖／祖母	令外孫／孫女	舍外孫／孫女
賢甥／甥女	愚舅／舅母	令甥／甥女	舍甥／甥女
賢婿	愚岳／岳母	令婿（令坦或貴東床）	小婿
賢表姪／姪女	愚或愚表伯（叔）／伯母（叔母）	令表姪／姪女	舍表姪／姪女
賢姻姪／姪女	愚	令親	舍親

說明：

①親戚中「太姻伯」、「姻伯」，是指姻長中没有一定稱呼的人，如姊妹的舅姑和他們的父母兄弟姊妹；兄弟的岳父母和他們的父母兄弟姊妹們，用這稱呼，最有彈性。

②幼輩稱呼「賢姻姪」三字，只能用於極親近的人，普通親戚雖屬晚輩，也用「姻兄」相稱，而自稱「姻弟」或「姻末」。

3.世交的稱謂：

稱人	自稱	稱對他人稱	對他人自稱
太夫子／師母	門下、晚生		

夫子／師母（或老師、吾師）	生（或受業、門生）	令業師	敝業師
太世伯（叔）父／母	世再姪／姪女		
世伯（叔）父／母	世姪／姪女		
仁（或世）丈	晚		
仁兄／學長（或吾兄／吾姊）	世弟、學弟／學妹（或弟／妹）	貴同學、令友	敝同學、敝友
同學（或學弟／學妹）	小兄／愚弟（或友生、某某）	令高足	敝門人、學生
世講（或世台／世兄）	愚		

說明：

①「夫子」二字，數十年前常為「妻」對「夫」的稱呼，女學生對師長以稱「老師」，「吾師」或「業師」為宜。

②依教育部規定，對女老師的丈夫稱「師丈」。

③世交中伯叔字樣，要看對方年齡和自己父親的年齡比較如何，較大的稱「世伯」，較小的稱「世叔」；比自

己祖父大的稱「太世伯」，小的稱「太世叔」。

④世交又有戚誼的，按輩分年齡比較，稱「太姻世伯、叔」「姻世伯、叔」。

⑤世交平輩中，如係交誼深厚，最好稱「吾兄」、「我兄」，一則表示親近，再則可免與通稱晚輩之「世兄」二字相混。（世講、世台、世兄，係對晚輩之通稱。）

4.工友的稱謂

稱人	自稱	對他人稱	對他人自稱
某某（稱名）	某（單具名或字）	尊紀（或貴工友 女工友）	小介 敝女工友

說明：舊稱男僕「某某」，女僕「某媽」，稱他人女僕「尊媽」，稱自己女僕「敝媽」。

其他人事的關係：對學問道德值得欽佩的人，稱前輩或長輩。對有公職的人，可以稱他職務上的名稱，也可以稱某座，如「校長」、「校座」等。對於機關團體商店的負責人，如果不知道他的姓名，就稱「執事先生」。部屬對長官，通常稱「鈞座」或「鈞長」，或稱職銜如「某公部長」，或逕稱「某公」；自稱「職」；如是從前的長官，則自稱「舊屬」。除了上面這些直接的稱謂外，比較客氣的用「閣下」，普通的用「足下」或「台端」。

㈡提稱語。提稱語緊接在稱謂之下，表示請求受信人察閱的意思。提稱語和稱謂有密切的關係，用什麼稱謂，就用什麼提稱語，有嚴格的定則，不可以亂用。茲將常用的提稱語列表如下，以供參考。

用途	提稱語
用於祖父母及父母	膝下、膝前。
用於長輩	尊前、尊鑒、賜鑒、鈞鑒、尊右、侍右
用於師長	函丈、尊前、尊鑒、講座、壇席。
用於平輩	台鑒、大鑒、偉鑒、惠鑒、雅鑒、閣下、足下、左右、台右。
用於晚輩	青鑒、青覽、青及、青睞、英鑒、如晤、收覽、知之、知悉、閱悉、收閱、入目、見字。
用於政界	鈞鑒、崇鑒、勛鑒、鈞座、台座、台鑒。
用於軍界	麾下、鈞鑒、鈞座、勛鑒。
用於教育界	講席、座右、道鑒、有道、著席、撰席、史席。
用於釋家	方丈、道鑒、有道。
用於道家	法鑒、壇次。
用於哀啓	矜鑒。
用於弔唁	苫次、禮席、禮鑒。

說明：

①對直屬長官，可參酌尊長及軍政兩欄，以用「鈞鑒」、「崇鑒」或「賜鑒」較為普遍。

②對晚輩，凡用「鑒」字都是比較客氣，用「覽」、「及」或「睞」等字次之。對較親切的晚輩用「如晤」。

③喜慶書信的提稱語沒有一定專用語，可按關係，照上表酌用。

二、**啓事的敬辭**。啓事敬辭，通常接在提稱語之下，作書信陳述事情的發語詞。最尊敬的用「敬稟者」，其次用「敬啓者」，又其次用「逕啓者」。但是嚴格說來，這是一種不必要的程式，所以現在大都不用了。現在為了研究方便，也把過去常用的啓事敬辭列表如下，以供參考。

用途	啓事敬辭
用於祖父母及父母	敬稟者、謹稟者、叩稟者。
用於長輩及長官	敬啓者、謹稟者、敬肅者、謹肅者、茲肅者。覆信用：敬覆者、謹覆者、肅覆者。
用於通常之信	啓者、敬啓者、茲啓者、敬陳者、茲者、逕啓者。覆信用：茲覆者、敬覆者、逕覆者。
用於請託	茲懇者、敬懇者、茲託者、敬託者。
用於祝賀	敬肅者、謹肅者、茲肅者。
用於訃唁	哀啓者、泣啓者。
用於再述補遺	再啓者、再陳者、又啓者、又、再。

說明：請託或補述各欄術語，有時可以寫成四字句，如「茲敬陳者」、「茲有懇者」、「茲再陳者」或「茲有啓者」，行文時看文氣的需要，斟酌使用。

三、**開頭的應酬話**。開頭的應酬話包括好幾種項目，有應時的應酬，有德業的頌揚，有起居的問候，也有離別的懷念。在舊式的書信中，這是重要的一部分，一定不可缺少。如果一封信的目的，只是在應酬某一件事情，那麼這些應酬話，便成了這封信的正文了。現在把常見的開頭應酬話略舉數例如下：（句

中有○的地方，表示抬頭）

用途	開頭的應酬話
用於祖父母及父母	引領○慈雲，倍切孺慕。翹首○慈雲，倍切依依。引領○慈暉，時深依馳。仰望○慈雲，倍深瞻養。引瞻○慈顏，良深孺慕。
用於親友長輩	山川遥阻，稟候多疏，恭維○福履增綏，○維時納祜，為頌為祝。翹首○鈞顏，時切瞻依。引領○德範，倍切神馳。光輝仰望，思慕時深。引領○光輝，倍切神往。
用於師長	不坐○春風，瞬焉浹旬，立雪之情，未嘗少置，敬維○道履清嘉，講壇隆盛，為頌。遥望○門牆，輒深思慕。依戀○春風，無時或釋。自違○絳帳，彌切嚮念。仰瞻○道範，倍覺依依。
用於長官	翹企○斗山，仰慕彌殷。雲天○翹望，時切葵仰。遥瞻○吉采，心切依馳。引領○福星，彌殷仰慕。引睇○卿雲，輒深仰企。
用於親友平輩	道途修阻，尺素鮮通，比維○眠食如恆，○潭祺叶吉，為頌。久違○雅範，時切馳思。每念○故人，輒勞夢轂。秋水伊人，不禁暗然。望風懷想，不勝依依。
用於政界	拜違○鈞顏，三月有奇，雲天翹望，泰斗瞻馳，仰維○藎勞卓著，政祉翔華，為頌。
用於軍界	箋候久疏，下懷殊切，恭維○威望遠隆，○動定叶吉，至以為頌。

說明：這一類套語，種類繁多，其實一點意義也沒有。有時候為了適應環境，固然可以一用，但是一定要看對方的身分，適當的運用文辭，最好能自出心裁，切合情境。

四、正文。正文是一封信的重心，最要注意。前文和後文都是陪襯的，這一部分如果寫得不好，發信的效力便會減少許多。雖然一封信的內容，常因時因事而有所不同，不可能一一的說明，但是只要能把握上面說過的「書信的作法」的四大原則，便不難寫出一封好的書信了。

五、結尾的應酬話。這一部分比較簡單，普通只寫一兩句，大概都是關於起居問候，離別的懷念，及書寫草率的道歉等等。例如：「舟中率復，未及一一，俟到彼中，再佈下悃！」或「臨款依依，書不盡意。」寫時要注意到當時的情境和彼此之間的感情，要適當自然。現在就我們所習用的列舉數例如下：

(○表示抬頭)

用途	結尾的應酬話
用於長輩	肅修寸稟，莫罄下忱。耑肅奉候，不盡神馳。臨稟悚惶，欲言不盡。懇賜○鈞覆，無任禱盼。如遇鴻便，乞賜○鈞覆。
用於平輩	臨楮眷念，不盡區區。耑此奉達，不盡欲言。臨書馳切，益用依依。冗次裁候，幸恕草草。敬希撥冗賜覆，不勝切盼。乞惠好音，是幸是幸。

六、結尾的敬辭。結尾的敬辭可以分成兩部分：一是收束上文敬語，如對長輩用「肅此」，對平輩用「專此」之類；二是問候語，如對祖父母及父母用「敬叩福安」，對師長用「敬請道安」，對平輩用「即問大安」之類。寫時要注意兩點：1.要和開頭的啓事敬辭相一致。如開頭用「敬稟者」或「敬啓者」，這裡便用「肅此」或「敬此」。如開頭用「茲啓者」或「茲復者」，結尾便用「專此」或「草此」。2.問候語如用「請」字，下面就用「安」字。如果用「頌」字，下面就應該用「祺」，「祉」或「綏」等字。不管用請字或是用頌字，下面兩字都要另換一行頂格書寫，以示敬意。現在分別舉例如下：

(一)結尾的敬語

用途	結尾的敬語
用於長輩	肅此敬達。謹此馳稟。肅此奉稟。肅此。敬此。謹此。
用於平輩	耑此。草此。率此佈聞。耑此奉達。特此奉達。草此奉聞。
用於申賀	用申賀悃。謹表賀忱。敬此奉賀。
用於弔唁	恭陳唁意。藉申哀悃。肅此上慰。
用於申謝	肅誌謝忱。肅此敬謝。藉鳴謝悃。
用於送行	敬抒別意。用抒離情。藉陳別緒。
用於申覆	耑此敬覆。耑此奉覆。匆此布覆。

(二)結尾的問候語——請安語（○表示抬頭，另行頂格寫）

用途	請安語
用於祖父母及父母	叩請○金安。敬請○福安。敬請○金安。
用於長官	敬請○鈞安。恭請○崇安。敬頌○崇祺。
用於親友長輩	恭請○禔安。敬請○崇安。順頌○福祉。敬頌○崇祺。敬請○鈞安。
用於師長	恭請○誨安。敬請○教安。祇請○道安。敬請○講安。祇叩○絳安。
用於親友平輩	即請○大安。敬請○台安。順頌○台祺。順頌○時綏。敬候○近祉。順頌○時祺。

用於親友晚輩	順問○近吉。即詢○近佳。順候○近佳。即問○近好。順詢○日佳。
用於政界	敬請○勛安。祇請○鈞安。敬頌○勛綏。祇頌○勛祺。
用於軍界	敬請○戎安。恭請○麾安。敬頌○勛綏。祇頌○勛祺。
用於學界	敬請○道安。並請○教安。順請○撰安。祇頌○文綏。
用於商界	敬請○籌安。順頌○籌祺。敬候○籌綏。
用於旅客	敬請○旅安。順頌○旅祺。即頌○旅祺。
用於家居者	敬請○潭安。即頌○潭祉。順頌○潭祺。
用於夫婦	敬請○儷安。敬請○雙安。順頌○儷祺。
用於賀婚	恭賀○燕喜。恭賀○大喜。恭請○喜安。
用於賀年	恭賀○年禧。恭賀○新禧。祇賀○新禧。
用於弔唁	敬請○禮安。順候○考履。並頌○素履。
用於問疾	恭請○痊安。即請○衛安。順請○痊安。
用於按時	敬請○春安。順候○夏祉。敬頌○冬綏。順候○秋祺。

七、署名和年月日。署名就是由寫信的人簽署自己的姓名，或只寫名而不寫姓。一般說來，對於家族或關係極親近的人，只寫名不寫姓；父母對子女只寫「父字」，「母字」，連名字也不用寫；至於對客氣一點的人便要姓名全寫了。署名是表示負責的，在署名之上，必須加上自稱謙辭，要和上面的稱謂相呼應配合。以表示通訊人雙方的關係，寫時應偏於右方，而且字體要略小。署名之下，要加發信敬辭，對長輩用「敬稟」，對平輩用「謹啓」，對幼輩用「白」等。月日是標明發信的時間，這對一封信的時

問性很有作用。年月日的寫法普通都寫如「八十九年八月十五日」，寫在發信敬辭之下，略偏右邊，有時年月日可以省去，只寫「八九、八、十五」也可以。現在把署名之下的敬辭列舉如下：

用途	署名下的敬辭
用於祖父母及父母	謹稟。敬稟。叩稟。敬叩。叩上。謹叩。叩。
用於長輩	謹上。敬上。拜上。謹肅。敬啓。謹啓。肅上。
用於平輩	敬啓。手啓。拜啓。鞠躬。謹上。謹白。上言。頓首。上。
用於晚輩	手泐。手書。字。白。諭。手示。手白。手諭。手字。
用於補述	又啓。又及。補啓。再啓。再及。再陳。

八、**補述**。補述是一種不得已的辦法，比較恭敬一點的書信還是不用為上。如果確有補述幾句的必要，便要另起一行，寫在信的末尾；或是另用一張紙書寫。補述可以分為兩種：一是補遺補述，就是書信已經寫完了，忽然發現還有事情忘了寫，只好再在信末加寫幾句。二是問候補述，也就是受信人還有尊長或其他的人必須順便問候的，也常常在信末加寫一行問候。現在把常用的問候補述用語表列如後，以供參考。

用途	問候補述用語
問候長輩	令尊或老伯／令堂或伯母大人前，乞代叱名請安。某伯處煩叱名道候。某伯前祈代請安不另。某姻伯前乞代叩安。

問候平輩	某兄（弟）處祈代致候。令兄（弟）處乞代候不另。某兄處煩代道候。某兄前乞代道念。 某弟處希為道念。某弟處煩為致候。
問候晚輩	順候○令郎佳吉。並問○令郎等近好。順頌○令姪均佳。
代長輩附問	家嚴囑筆問候。某某姻伯囑筆問候。
代平輩附問	某兄囑筆問好。某弟附筆道候。
代晚輩附問	小兒侍叩。兒輩侍叩。小孫隨叩。

說明：凡附候語都要另行書寫。表中所舉，均可以因應事實，隨意運用。

總之，上面所講的八部分是一封信所可能具備的，但是實際上具備八部分完整無缺的書信是很少的。因為這種舊式書信的格式，原是封建社會的遺物，其中有許多繁文縟節，實在没有什麼意思，尤其是開頭的應酬話最不好寫，如果抄襲雜湊，堆砌辭藻，既没有價值，又缺乏情趣，有時一不小心，還會貽笑大方，真是麻煩透了。所以除非對方是特別客氣的人，或是愛講格式的尊長，不得不斟酌幾句之外，其他的人還是盡量少用這些無聊的客套為上。若是一定要寫，最好是獨出心裁，自構新句，不要抄襲那些陳腔俗套。要知道，話不在多，就是三言兩語，只要情意真切，生機活潑，便是上選佳作了。至於前後的敬辭、提稱語之類，有時是少不了的，但是一定要切合分際，不要出毛病。一封信最重要的是正文，正文寫不好，什麼漂亮的客套都没有用。寫信和寫文章一樣，也和說話一樣，未寫未說之前，先要決定寫些什麼，說些什麼，怎麼來說就怎麼來寫，務必寫得通順明白，有條有理，才能達到寫信的目的。書信是代替面談的，能叫受信人看了信之後，感到和面談一樣的親切，那才是一封好信。這一切，都要靠正文寫得好不好來決定。其他的各部分，只不過是有點夾輔的功用罷了。由此可知，上述舊式書信的格式應該是這樣的：

○○仁兄足下敬啓者不親
芝宇屈指月餘望風懷想時切依依敬維
履祺集吉潭祉迎祥為頌××××××××（正文）××××××××××××××××
××××××××××冗次裁候幸恕草率專此佈達敬請
大安
弟
○○○敬上 八十九年八月十五日
伯父母大人尊前乞叱名請安

第五節 信紙和信封的寫法（附明信片）

上一節所講的是書信的格式，都是就書信的內容來說的。我們寫信，除了應該注意內容之外，書信的外形也是應該注意的。一封信，要有充實的內容，加上外形的完善，才算是盡善盡美。書信的外形，可以分成信紙和信封的寫法來加以說明。

壹、信紙的寫法

一、用紙。從前的人很考究信紙，有各種顏色和花樣，因人因事來分別使用。現在一般人士所常用的信紙，大都是郵局所發售的「郵政標準信箋」，十行，上下有橫線，行與行間有紅色細線。一般說來，如果不採用標準信箋，對尊長及稍需客氣的人寫信，務必採用中式信紙，且以八行者較妥；至於知交好友，當然可以隨便些，中西式的都可以，甚至於明星箋也行，但是總要大方一點的才好。

二、墨色。一般說來，中式信紙要用毛筆黑墨寫，西式信紙則以鋼筆或原子筆較妥，千萬不可以用鉛筆或其他色筆。用毛筆時，墨色要濃些，而且要勻潤，不可以太淡而顯得潦草，也不可以忽濃忽淡，或是滿紙布白，使人看了不愉快。

三、字體。對尊長寫信，字體要端正，行款要正直；其他的對象，可以用行書，但是不要過於潦草，而使人看不出來，行款也不可以傾斜。字體的大小要配合信紙，務求勻稱才是。

四、起首。起首第一行寫受信人的字號或稱謂時，第一個字要頂著橫線，不可高出線外，也不可離線太低。如果是沒有橫線的通天信紙，便要自己酌留天地，且要天多於地，不可以上下滿紙，不留餘地。信紙上面空白的一大片表示「天」，下面空白的一小片表示「地」。

五、抬頭。信裡抬頭，是表示尊敬的意思，普通有三抬、雙抬、單抬、平抬和挪抬等五種。三抬比尋常各行高出三格，雙抬比尋常各行高出二格，單抬比尋常各行高出一格，平抬另起一行書寫，與前行第一字平齊，挪抬即在原行空一格繼續書寫。現在最常用的只有平抬和挪抬兩種。

六、行款。舊式書信的行款是很重要的。因為抬頭的緣故，往往一行沒有寫到底就抬起來了，這樣便形成吊腳。全張信紙中務必有一行以上寫到底，不可以行行都吊腳。還有單字不成行，單行不成頁，名字不可以分成兩行書寫，自稱或述及自己的卑屬時，不可以剛好寫在一行的開頭等規定，以上這些，都是應該注意，要設法避免的。又慶賀或弔唁的書信，最好把八行信紙寫滿。

七、**自稱**。信中自稱時，應偏右旁，且字體略小，以表謙虛。例如：「兒於昨夜十時平安到達台東。」提到自己的尊長時要加一個「家」字，如「家嚴」或「家兄」等，字體不必略小，也不必偏寫，可用挪抬方式，空一格寫，以表示尊敬自己的尊長，當然了，不抬頭也可以。說到自己的卑幼及親戚時，要加一個「舍」字，如「舍弟」「舍親」，字體要略小，也要偏右。說到自己的兒孫、工友、或店號時，要加一個「小」字，如「小女」、「小犬」、「小孫」、「小介」，或「小號」等，字體要略小，也要偏右。說到自己的師友及居處，要加一個「敝」字，如「敝業師」、「敝友」，及「敝校」等，「敝」字要略小偏右。說到自己已死的尊長時，要加一個「先」字，如「先祖」、「先父」等，要挪抬書寫，字不必略小偏右。其他的自稱，總要用幾個謙虛的字眼，表示客氣才行。

八、**稱人**。信中提到受信人的尊長卑幼，或他的親戚朋友時，都要加一個「令」字。如「令尊」、「令兄」、「令弟」、「令郎」、「令親」或「令友」等。稱他的妻室要加一個「尊」字，如「尊夫人」。稱他的尊長也可以加「尊」字，如「尊翁」、「尊大人」。同時尊稱兩人時用「賢」字，如「賢喬梓」、「賢伉儷」或「賢昆仲」。又受信人如係卑幼，也可以用「賢」字，如「賢弟」、「賢姪」之類。以上這些稱呼，書寫時都要抬頭。寫到「吾兄」時，除了開頭的稱謂，如「某某吾兄惠鑒」之外，其他的「兄」字都要抬頭，但是「吾」字不可以一起抬頭。

九、**具名**。具名分稱人之名和自己具名兩部分。稱人時，對家屬尊長不可以稱名號，只照直接稱呼便行了。如「父親」、「母親」。但是對伯叔兄長，可以加行次一字，如「大伯」、「二叔」、「大哥」、「三弟」等。對親友，照例須用字號，不可以直寫其名。對親友尊長，也可以只稱其字號中的一字，然後再加一個「翁」、「老」或「公」等字。自己具名就是信末的署名。對家族只寫名不寫姓。除家族關係外，對至親好友或往來極熟的人，也可以具名不具姓。近來有人常常自己署名用字號，這除了對非常親近的朋友之外，對其他的人，還是用姓名好。署名之上，照例要加自己的稱謂，要跟開頭受信人的稱謂相配合，字體要略小偏右。此外，居父母之喪時，百日以內，信中具名的右上角要用小字偏寫「棘人」兩字，百日以外，用「制」字，略小側寫在姓名之間。三年終制後，就不必再寫了。

十、記日。記日就是註明寫信的日期，不必另換一行，但一定不可以忘了。要寫在發信人姓名的下方，偏右偏左都可以。

十一、附註。信寫完時，如果還要補述幾句，就叫做「補述」，上一節已經講過了。對事的補述，開頭可用「再者」、「再啓者」、「又及」或「又啓者」；結尾可用「某某再啓」或「某某又啓」。對人的問候補述，也要按照關係來分別稱謂，在結尾敬辭之後，另外附寫。如係問候受信人的父母，就要用「伯父母前敬祈叱名請安」。請參考上一節的問候補述用語表。

貳、信封的寫法

一、用封。信封的種類很多，以中式且中間有長方紅格者最適宜。如果用西式信封，以純白色的為大方。如果是弔喪的信，信封宜用素色，或將長方紅格子的紅線用墨塗去。

二、**字體**。受信人的姓名稱謂，都要寫大些，受信人和發信人兩方面的地址，都要小些，月日應比地址再小些，這樣才勻稱。最重要的是信封上不宜寫草字，對尊長及分際較尊的人，一定要用正楷，以表示尊敬。對於平輩或後輩，可以用行書。而草書是千萬不能用的。因為郵局檢信和送信的人不一定看得懂你的草字，一有誤認的話，信便投遞不到了；就是投到了，對方一看那麼潦草，也會不高興的。所以字體一定要端正大方，端正使郵局的工作人員容易看清楚，不會送錯；大方則能給對方一個好印象。

三、**信封的寫法**。中式信封可以分成左右中三路，繕寫時要各依各路的中線書寫，不可以偏斜。右路寫受信人的地址，左路寫發信人的地址和姓名及月日，中路寫受信人的姓名稱謂和啓等字樣。現在詳細說明如下：

㈠右路寫受信人的地址，一定要詳細清楚，字要緊湊，要端正大方，而且上端宜空二格，太低或太高都不雅觀。如受信人的地址太長，不必太過擠縮，可以分成兩行書寫。如果還有服務單位的話，這單位的名稱便要抬頭，與中路受信人的姓名平齊，寫在地址與受信人之間。本埠的信要註明本埠，然後再寫明街道號碼，外埠的信要寫明某縣某市，再寫街道號碼，並要填明郵遞區號。至於全國性的最高機關，如「總統府」、「行政院」、「教育部」等，只要寫都市名便可以了。

㈡中路寫受信人的姓名稱謂及台啓等字樣，要從長方格的上端寫起，至下端為止，字體要略大，排列要勻稱。普通都是寫「○○○先生大啓」或「○○○女士台啓」。要記住：受信人的姓名一定要全寫，不可省略。此外要特別留意的就是：對受信人的稱呼是以送信人的口氣來稱呼的，而不是寫信人本身的口氣來稱呼。所以寫給爸爸的信，信上要寫父親大人，而信封上卻不能寫父親大人，只能寫某某先生。至於機關團體的首長，可以用他的職位來稱呼，因為這種職位的稱呼，送信人也通用。而寫的時候，名字也可以偏右略小。

㈢左路寫發信人的地址姓名和月日。要從信封上端的三分之一處寫起，到下端空三格為止，字要擠緊。地址要詳細清楚，一則便於受信人的回信，二則如果投遞不到，也便於退回。發信人的姓名，普通都是在發信地址之下，只寫姓而不寫名，只有掛號或快信才姓名全寫。至於月日，有的信封已經印好在那裡，當然要順手填上，就是沒有印的，也要隨手寫明，其重要性和信內的月日是一樣的，不過一般人都把它給省略了。

四、啓緘的寫法。在收信人姓名之下，要加「啓」字。啓字可以單獨用，也可以在上面再加一個適當的字。但這個字不可以亂加，要配合受信人的身分、職位和彼此之間的關係。

㈠對軍政界有相當地位的人用「勛啓」。

㈡對於一般有地位的人，不含政府官員，用「台啓」或「大啓」。

㈢對直屬長官，包括工商界各單位的屬員對其上司，都用「鈞啓」。

㈣對父母親概用「福啓」或「安啓」。

㈤對老師、兄姊和一般長輩，連非頂頭上司的長官在內，都用「賜啓」。

㈥希望受信人親自拆看，不讓別人知道的用「親啓」或「密啓」。

㈦對晚輩只用一個「啓」字，或用一個「收」字。

㈧給居喪的人用「禮啓」或「素啓」。

㈨「緘」字用在發信人的姓名之下，如「呂緘」或「呂新昌緘」。如果不用「緘」字，也可以用「寄」字。對尊長用「謹緘」或「謹寄」。

㈩明信片不可以用「啓」，只能用「收」；因為啓是拆開的意思，而明信片不必拆開呀！同時也不可以用「緘」，只能用「寄」；因為「緘」是封的意思，而明信片不用封呀！

五、託人轉交的寫法。

㈠託人帶轉的信，普通都不寫受信人的地址，只寫「面交」、「煩交」或「面呈」、「面陳」等字樣。如果受託的人不知道受信人的地址，當然要把受信人的地址寫上。

㈡對受信人的姓名稱謂，也不可以用發信人直接的口氣，而是要以發信人對轉信人的口氣來稱謂。例如託人轉交給祖父母或父母的信，要稱「家祖」、「家嚴」、「家慈」，給兄弟的則稱「某某家兄」「某某舍弟」。又託人轉信給他自己的父兄，便要稱「令尊」、「令兄」。

㈢發信人在信封的左路，只寫自己的姓名，下面再加「拜託」、「敬拜」或「拜干」等字樣就行了，不必再寫地址。

㈣如由自己的幼輩或工友送去，右路只寫「送」或「送呈」。左路只寫自己的姓名就行了。

㈤如是附在給親友的信中請他派人轉送的，就寫「敬煩飭送」。

㈥交由來人帶回的覆信，就寫「藉呈」、「藉覆」。

六、附件。在轉交或專送的書信之外，如果還有附件時，便要在信封上寫清楚，在寫地址之前先寫「內函，外某物幾件」等字樣。受件人姓名之下，便要寫「台收」、「查收」或「檢收」。

七、郵寄。郵票一律貼在信封左路的上端，如寄的是航空、掛號、或限時專送信，便要在左上角上面標明，然後再貼足郵票。

至於明信片的寫法，剛才也提到了，只能用收，不能用啓；只能用寄，不能用緘。此外，大家都知道，明信片的好處是簡單、省錢和方便，因此使用時要盡量少寫客套話，文辭要儘量簡單，把自己的意思表達明白就行了。如果背面不夠寫，還可以接著寫在正面的左邊。正面的右邊只寫收信人的地址，絕不可以寫信的內容。至於它的缺點，便是不能保密，也不能寫內容較長的信。

現在把信封常用的寫法舉例如下：

1. 郵寄信封寫法

106
台北市和平東路一段162號
國立台灣師範大學
國文學系　公啓
中壢市水尾里
萬能技術學院呂緘
320

330
桃園市中央街42號
呂立達先生　啓
八德市中山路8號邱緘
334

114
台北市內湖區
私立德明商專
王校長更生　鈞啓
桃園市中央街42號呂緘
330

台北市
行政院
唐院長飛　勛啓
桃園市中央街42號呂緘
334

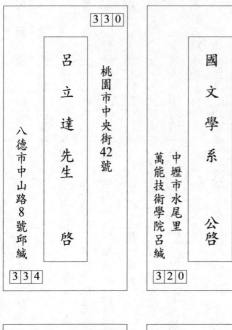

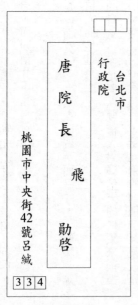

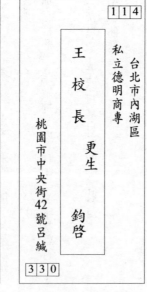

2. 託人轉交信封寫法

面陳
王校長 大啓
呂新昌敬託

敬請飭送
省立桃園農工職校
呂新昌先生 台啓
鍾鐵民拜干

送呈
呂伯伯
覆候
張文貴

藉覆
貴上 台啓
名內詳

煩交
呂新昌先生 親啓
張文貴 拜託

敬煩
張文貴先生面交
家慈 安啓
呂新昌 拜干

第六節 存證信函

現代是講科學的時代，也是講民主法治的時代，要講科學，就要有證據，要講法治，也是要有證據；而存證信函便是合法的有效證據之一。在這複雜的現代生活中，我們為了維護自己的合法權益，運用存證信函來催促對方履行他的義務是一種有效的簡便方法。如催促賣主交出土地或房屋等過户手續的必要證件，運用存證信函便是一種合法有效的方法，迫使賣主不得藉故拖延，或提出其他契約規定外的要求，或者是狡賴不認賬。同時它的有效時間是三年，也使我們有更充分的時間來辦理各種手續，以確保或取得合法的權益。至於存證信函的意義、規定、用處和交寄手續等，在現行的郵政規則第四章第九節中説得很詳細，現在把它抄錄在後面，各位便可一目了然了。

郵政規則 第四章

第九節 存證信函

第三八二條 掛號、快遞掛號或報值信函於交寄時，以副本交存郵局備作證據者，為存證信函。

第三八三條 存證信函，須依照左列各款之規定，否則不予收寄。

一、用本國文字，並得加註標點符號或阿拉伯數字。

二、用毛筆、鋼筆、不脫色鉛筆書寫，或以打字機、複印機、原子筆襯以雙面複寫紙繕就，色澤明顯，字跡端正。

三、信內寄件人收件人姓名地址與信封面所載相同。

四、信內未付與存證信函本身無關之其他物品。

第三八四條 存證信函僅能在辦理該項業務之郵局交寄，但得寄至國內任何郵遞通達之地方。

第三八五條 存證信函應由寄件人作成正本一份，副本二份，並簽名蓋章。前項正副本經郵局核對內容無訛後，即加註證明文字、日期、編列號數、加蓋郵戳，並於正副本之騎縫處同時加蓋郵戳，以正本當場封入寄件人備就之信封，作為特別處理郵件，附同回執寄出，其副本一份交還寄件人，一份由郵局存證。正副本經郵局核對內容不符者，退還寄件人另繕或更正之。寄件人不願自留副本者，得僅作成副本一份。

第三八六條 存證信函之副本內應載明寄件人及收件人之詳細地址，如同時交寄存證信函在兩件以上，其內容完全相同，僅收件人姓名地址不同者，以作成總副本二份，並將各收件人姓名、地址另紙聯記，一併交與郵局。寄件人不願自留副本者，得依前條規定僅作成總副本一份。

第三八七條　存證信函正副本文字，如有塗改增刪，應於存局副本之末或另紙註明「在某頁某行第幾字下塗改增刪若干字」字樣，加蓋寄件人圖章。但塗改增刪每頁至多不得逾二十字。

第三八八條　存證信函交納普通郵資、特別處理資費及回執費外，應另納存證費，用郵票黏貼於郵局保存之副本上，以郵戳蓋銷之。前項存證費由郵政總局視需要情形隨時修訂之。

第三八九條　同時交寄存證信函兩件以上而內容完全相同者，除一件照納存證費外，其餘各件之存證費均減半交納。

第三九〇條　存證信函之存局副本，自交寄日起，由郵局保存三年，期滿後銷燬之。

第三九一條　存證信函之存局副本，在郵局保存期內，寄件人得依式填具聲請書交驗原執據，請求查閱，或另具副本請求證明。如原執據遺失或喪失，無法交驗者，應覓具舖保或提供身分證明文件。請求查閱或請求證明者，須納等於現行存證費半數之查閱費或證明費，用郵票黏貼聲請書上，以郵戳蓋銷之。請求證明而內容不符者，郵局得拒絕證明，其證明費不予發還。

第三九二條　存證信函在未投交收件人以前，遇有喪失而非由寄件人過失所致者，寄件人得交驗原執據，補繕正本，由郵局重行證明，免費遞送。

第三九三條　無法投送，經退還寄件人之存證信函，寄件人更正地址重行交寄者，應認為另一存證信函，另納資費辦理。

第三九四條　寄件人請求撤回存證信函，得將存局副本一併撤回。但依本規則第三八六條規定作成之總副本而存證信函僅撤回一部分者，不在此限。

第三九五條　存證信函除依本節規定辦理外，適用特別處理郵件之規定。

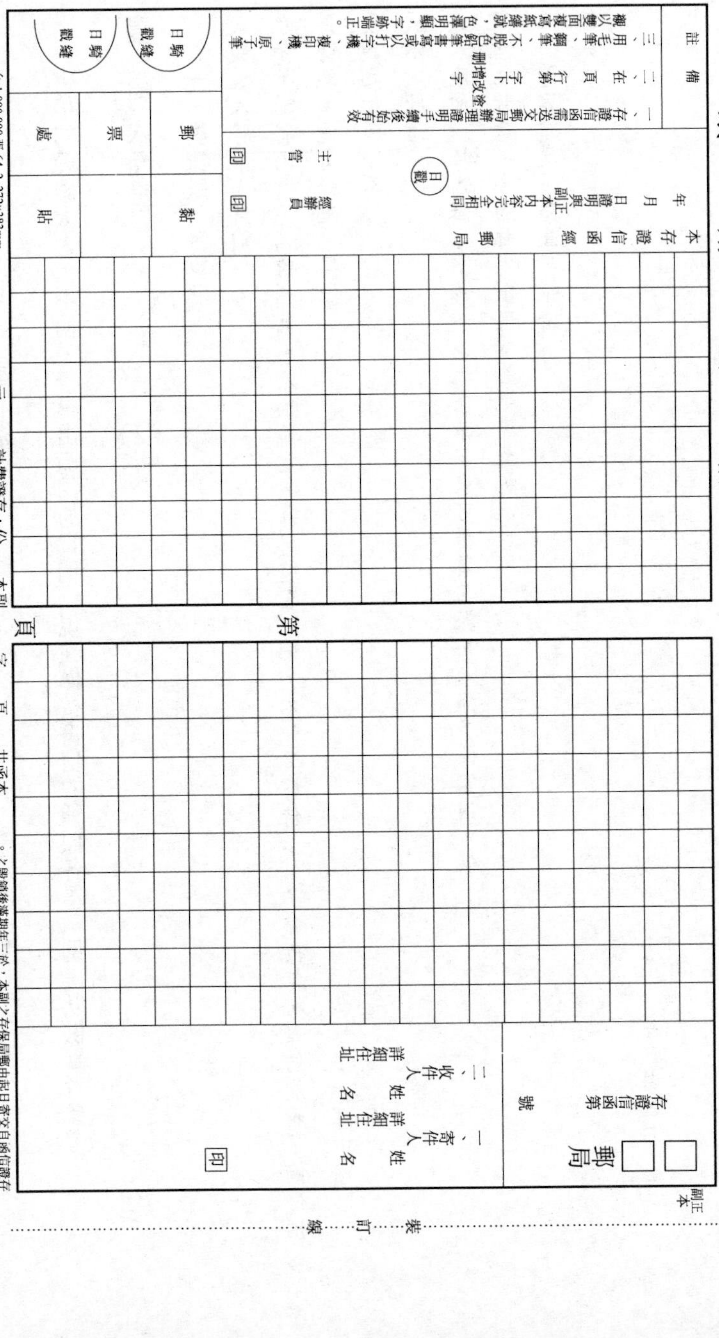

郵局存證信函用紙

正本 副本

□□郵局

存證信函第　　號

一、寄件人 姓名 詳細住址 印

二、收件人 姓名 詳細住址

本存證信函經　　郵局　　年　　月　　日證明與正副本內容完全相同

日戳

經辦員 印

主管 印

備註

一、存證信函需送交郵局辦理證明手續後始有效

二、在　頁　行第　字下　塗改增刪　字

三、用毛筆、鋼筆、不脫色鉛筆書寫或以打字機、複印機、原子筆襯以雙面複寫紙繕就，色澤明顯，字跡端正。

黏貼郵票處

騎縫日戳

騎縫日戳

第　頁

本函共　頁　字，副本　份，存證費計　元

存證信函自交寄日起由郵局保存之副本，於三年期滿後銷毀之。

台1,000,000張 64. 2. 272×383mm

裝訂線

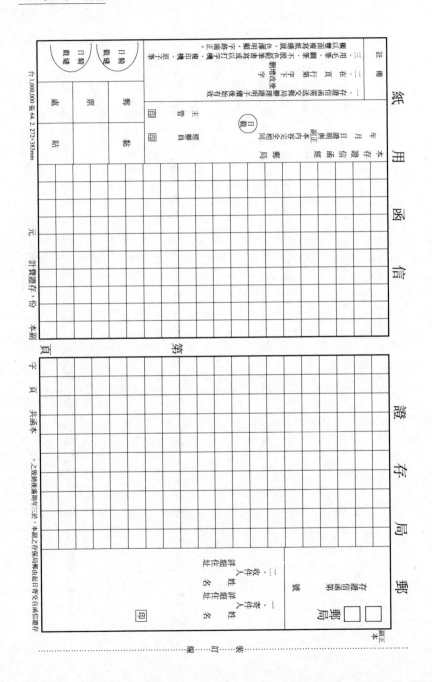

第七節 書信實例

書信的範圍太大，不便一一舉出應用的實例，現在僅按書信的種類各舉一例，以供讀者參考。

壹、對人而言

一、對家庭：子稟父

父親大人膝下：拜別
慈顏，瞬將兩月，滿懷孺慕，尺幅難宣。每思遠客他鄉，不能晨昏侍奉，子職攸虧，罪何能贖？倘得稍
獲蠅頭，便當旋里，得倖
雙親之樂。頃奉
嚴示，欣悉
大人康健逾恒，舉家平善，為之雀躍，只可惜貿易艱難未能多俸家用，供
高堂之甘旨。今隨郵寄上匯票乙紙，至祈示
玉，餘容續稟。肅此。叩請
金安

男
○○叩上
×年×月×日

二、對親戚：賀表弟考取師大

○○表弟如晤：久未見面，正想念間，忽奉
舅父函示，得悉吾弟考取師大，可喜可賀！師大為我國師範教育之最高學府，為國家培養無數之優良教
師，賢弟一試而中，足見悅學之篤，進取之殷，來日之造就，實難限量。欣慰之情，不能自已，特馳書
道賀，並祝
鵬程萬里

表兄
○○○手啓
×年×月×日

三、對師長：候師長

○○老師函丈：自違
絳帳，瞬已經年，每憶
教言，倍加孺慕。生自畢業後，由某校延聘，謬充國文教職，自慚學術淺陋，時虞隕越，所幸功課尚簡，
自己仍可攻讀，不致有負
長者諄諄告誡之盛意。肅此。敬請
誨安

生
○○○謹上
×年×月×日

四、對朋友：賀友人母壽

○○吾兄大鑒：久違
芝宇，夢轂為勞，頃奉
華箋，欣悉本月某日為
伯母大人七旬榮慶吉辰，遙想
宏開籌宇，喜溢蘭堦，翹企
慈雲，莫名忭頌。　弟　忝居交末，理宜登
堂祝嘏，乃以職務纏身，不克如願，良用歉然。謹具壽幛一幀，聊表微忱，附請
察懸。耑此肅賀，敬請
侍安

弟　○○○謹啓
×年×月×日

貳、對事而言：

一、純粹應酬的：賀結婚

○○吾兄吉席：嬌鳥喚晴，綠衣送喜，欣悉月之○日，為吾
兄與○○女士合巹佳辰，遙想

璧人一對，不啻天上神仙，深羡深羡。弟遠處天南，未能趨前申賀，至以為歉！附上喜聯！聊以將意，
敬乞 哂存！恭賀
大喜，並祝
潭第百福

弟
〇〇〇謹啓
×年×月×日

二、實際應用的：借款營業

〇〇先生大鑒：久未晤
教，只因奔走衣食，致疏蹤跡，忝在知交，諒能
鑒宥。敬啓者：弟以寄人籬下，終非長策，近與友人〇君，組織××工廠，興辦以來，尚稱順利，廠中
出品，頗為各界所歡迎。惟締造之始，需款孔急。弟之股本，尚未繳足，斷難再事遷延。素承
執事雅愛，敬懇
代向 令親〇〇君處，惠借伍萬元，子金及償還期限，聽任酌定，署劵之時，即乞 執事作保，以堅其
信。如蒙 允諾，當即趨前面商一切，可否祈速裁覆是盼，專此奉懇，敬請
台安

弟
〇〇〇謹啓
×年×月×日

三、發表意見：一悔字訣（曾國藩）

沅弟左右。鄂督五福堂有回祿之災。幸人口無恙。上房無恙。受驚已不小矣。其屋係板壁紙糊。本易招火。凡遇此等事。只可說打雜人役失火。固不可疑會匪之毒謀。尤不可怪仇家之奸細。若大驚小怪。胡想亂猜。生出多少枝葉。仇家轉得傳播以為快。惟有處處泰然。行所無事。申甫所謂「好漢打脫牙和血吞。」星岡公所謂「有福之人善退財。」真處逆境者之良法也。

弟求兄隨時訓示申儆。兄自問近年得力。惟有一悔字訣。兄昔年自負本領甚大。可屈可伸。可行可藏。又每見得人家不是。自從丁巳戊午大悔大悟之後。乃知自己全無本領。凡事都見得人家有幾分是處。故自戊午至今九載。與四十歲以前迥不相同。大約以能立能達為體。以不怨不尤為用。立者。發奮自強。站得住也。達者。辦事圓融。行得通也。

吾九年以來。痛戒無恆之弊。看書寫字。從未間斷。選將練兵。亦常留心。此皆自強能立工夫。奏疏公牘。再三斟酌。無一過當之語。自誇之辭。此皆圓融能達工夫。至於怨天本有所不敢。尤人則尚不能免。亦皆隨時強制而克去之。

弟若欲自儆惕。似可學阿兄丁戊二年之悔。然後痛下鍼砭。必有大進。立達二字。吾於己未年。曾寫於弟之手卷中。弟亦刻刻思自立自強。但於能達處尚欠體驗。於不怨尤處。尚難強制。吾信中言皆隨時指點。勸弟強制也。趙廣漢本漢之賢臣。因星變而劾魏相。後乃身當其災。可為殷鑒。默存一悔字。無事不可挽回也。（同治六年正月初三日）

四、發抒情感的：胡適給蔣總統的信

介公總統賜鑒：

十五日晨，黃伯度先生來南港，帶來

總統親筆寫的大「壽」字賜賀我的七十生日，伯度並說，這幅字裝了框，

總統看了不很滿意，還指示重新裝框。

總統的厚意，真使我十分感謝！

回憶卅七年十二月十四日夜，北平已在圍城中，十五日蒙

總統派飛機到北平接內人和我同幾家學人眷屬南下，十六日下午從南苑飛到京，次日就蒙

總統邀內人和我到官邸晚餐，給我們做生日，十二年過去了，

總統厚誼，至今不能忘記。

今天本想到府致謝，因張岳軍先生面告今天

總統有會議，故寫短信，敬致最誠懇的謝意。並祝

總統與夫人新年百福

胡適敬上　四九、十二、十九

以上這些例子，雖然没有把各種術語都應用上去，但是我們舉例的目的，在學習正文。這些信的遣詞，造句，態度、語氣等，都是可參考模仿的。寫信和作文一樣，文章要多讀古今名作，信也是如此。如能把名人書信，隨時多讀細讀，讀得多了，自然就可應付自如了。

自我評量：

1. 什麼叫做書信？有那些名稱和種類？什麼叫存證信函？
2. 略述書信的結構。
3. 寫作書信在技巧方面要把握那些原則？
4. 新式書信有兩種格式，試舉例説明之。
2. 舊式書信可以分成八部分，試舉例説明之。
6. 寫信封要注意那些要項？
7. 寫信紙要注意那些要項？
8. 試擬下列新式書信：
 (1)祝友壽 (2)慰友失業 (3)訂貨 (4)送貨。
9. 試擬下列舊式書信：
 (1)賀同學結婚 (2)約郊遊 (3)致候師長。

第三章 便條與名片

第一節 便條與名片的意義和用處

便條是簡便的字條，也是簡便的書信，是我們日常生活中最簡便的一種應用文。它的寫法方便，字體不拘，格式單純，不用客套，不用修飾，因此大家都樂於用它。便條和書信不同的地方是：

一、書信中所用的應酬語和各種敬辭，便條都可以省略。

二、便條的文字要力求簡明，乾脆明白。

三、便條的用紙較為隨便，也都不用信封。

四、便條是因訪問不遇而留交，或由傭僕專送的，而不是寄郵遞送的。

五、便條的內容只能寫事情簡單而不重要的事，和沒有機密性的事。

六、便條只能用於極熟的老朋友，對於新交的朋友和尊長要儘量避免使用。

便條的用處，大多用於：訪友（未晤）、借款、還錢、借物、還物、拜客、邀約、餽贈、邀宴、請託、洽商、答謝、探病、探詢、通知、轉知、購貨或取件等方面。因為這些問題，只要三言兩語就可以說明白，不必耗費時間精力去作長篇大論。

名片是把自己的姓名、籍貫、住址和職銜等印在卡片上面，用來通報姓名，求見生人，或晉謁長官，作為自我介紹的，古代叫做「名刺」。如今，凡是訪友、介紹、餽贈、辭行、約會、通知、轉知、取付、留言、邀宴、借款、借物、送禮、拜會、取貨、餞行、洽商、請託、探病、答拜等事項，也都使用名片。在名片上把自己所要說的事情，簡單扼要的寫出來，再加上對方的姓名稱謂就行了。名片比便條還要簡單方便，人人都可以隨身攜帶，要使用時，隨時取出，上面寫幾個字就行了，所以今天使用名片的人，遠比使用便條的人要普遍。

第二節　便條名片的寫法和注意要點

便條雖然沒有固定的格式，但是一張便條起碼要具備下列四項：㈠事情的內容。㈡對方的姓名。㈢自己的姓名。㈣月、日。可是有時候可以上下款都不寫，只用「兩渾」二字就行了；有時自己姓名，也可以只寫一個字。

寫便條時，對方姓名寫在事情內容的前面或後面都可以，在他的名號下要加稱呼，如「兄」「先生」等。如是派人專送或是回條，不寫對方的姓名也可以。自己具名之上，宜加一相對的自謙稱謂，如「弟」「晚」等字樣。自己具名之下，也可以加簡單的敬辭，如「上」「敬上」「拜上」「鞠躬」「謹拜」「敬拜」等字樣。月日通常都寫在具名之下偏旁。

使用名片，應注意正反兩面，印有姓名等的是正面，空白的是反面，如果事情內容較多，正面寫不下，可以寫在反面。本文寫完具名時，不必署名，習慣上用「名正肅」三個字。名正肅的意思是：名字在正面，向您敬拜。假如是長輩寫給晚輩，應把「肅」字改為「具」字，意思是說正面已經具名了。

寫便條應注意下列幾點：

一、文字要簡單明瞭。

二、內容只能寫不甚重要，沒有機密性的事。

三、字體不拘，用紙可以隨便，封套可以省去不用。

四、對象應以不拘形跡的知交老友為限。

五、必要時應加蓋私章。

至於寫名片的注意事項，除了要注意寫便條的注意事項之外，還要特別注意簡單明白，因為名片上的空白很小。

第三節　便條名片實例

壹、便條實例

1. 訪友：

頃訪不晤，甚悵！因有要事奉商，明（八）日下午二時務請曲留　尊寓為禱。

〇〇兄

留上

弟

〇〇留字即日

2. 借物：

〇〇兄：

乞借××書局出版之「史記」一冊，請交來人帶下，月內奉趙，不誤。

弟

〇〇上

×月×日

送呈　××路×段×號

〇〇〇先生

3. 還物：

前承　惠借「史記」一冊，感甚，今已用畢，謹交由舍弟送　府，敬希　察收為荷！

〇〇兄

弟

〇〇上

×月×日

4. 借款：

茲因急需，乞　借新台幣壹仟元，準於月底奉還。如蒙　慨允，祈交來人帶下為感。此上

〇〇兄

弟

〇〇上

×月×日

5.允借：

茲奉上新台幣壹仟元正，至祈察收，有無相通，乃人情之常，幸無罣懷。

○○兄

弟
○○○手覆

6.還錢：

前承 惠借新台幣壹仟元，隆誼至感！今如數奉還，希 查收為荷！此上

○○兄

弟
○○上
×月×日

7.餽贈：

頃自大甲歸來，該地盛產帽蓆，工料精細，茲謹購贈帽蓆各一件，以佐日用，戔戔之物，敬祈哂納！

○○兄

弟
○○上
×月×日

8.謝餽贈：

承 惠贈帽蓆兩件，投我所好，盛意隆情，卻之不恭，謹拜領，並致謝忱

此覆

○○兄

弟
○○上
×月×日

9.邀宴：

明星期日，彼此休息，請於晚間來舍小酌，如何？

○○兄

弟 ○○○ ×月×日

10.覆赴宴：

辱承
寵召，無任欣幸，敬謹奉陪末座，並致謝悃。

此 覆

○○兄

弟 ○○謹覆 ×月×日

11.覆辭宴：

辱承
寵邀，無任欣幸，本當奉陪末座，惟以店中進貨，甚為紛繁，未克分身，敬祈察諒是幸。此覆

○○兄

弟 ○○○謹覆 ×月×日

12.約晤：

茲有要事奉商，請即　撥冗蒞舍下一敘為禱！

此 上

○○兄

弟 ○○○ 即日×時

13.邀遊：

際此春光明媚，正是櫻花怒放時節，弟意邀
兄明（八）日往陽明山一遊，如荷 俞允，乞
明晨八時蒞舍同往為感！
○○兄
弟
○○謹約
×月×日

14.覆應邀：

久悶家中，正感無聊，承邀作陽明山之遊，
深獲我心，自當準時遵命趨 府同往。此覆
○○兄
弟
○○謹覆
×月×日

15.覆辭約：

承 邀陽明山之遊，適染微恙，遵醫囑宜
多休養，謝謝！ 敬覆
○○兄
弟
○○○謹覆
×月×日

16.請託：

頃聞 兄日內將有香港之行，擬託代購派
克61型鋼筆乙枝，款乞暫墊，容後面還，不誤！
此 上
○○兄
弟
○○○敬啓
×月×日

17. 探病：

數日不見，聞
貴體違和，念念，希即告知一二。
此請
○○兄
弟 ○○○手上
×月×日

18. 購貨：

茲需黑人牙膏半打，瑪利香皂乙打，請即
送××路×號，並附發票。
此致
××百貨公司
○○○啓
×月×日

19. 道賀：

閱報，知榮膺新命，特此拜賀。
此 上
○校長○○
弟 ○○○敬賀
×月×日

20. 答謝：

前事辱承 關注，茲已圓滿解決，特先奉
聞，敬祈
垂察！
知名不具

21.通知：

弟已抵此，茲先送上金門高粱兩瓶，稍待，
再登府暢敘，餘不贅。
○○兄
弟○○拜啓
×日

22.轉知：

刻自馬公歸來，××兄囑轉致×日候
駕前去，有事奉商。此上
○○先生
弟○○○謹啓
×月×日

23.介紹：

刻聞
貴公司亟需英文打字員一名。茲有舍親××君
畢業於省立高商，用特介紹趨謁，其技術如何，
請予面試即知。如蒙 錄用，弟願為保證一切。
○○兄
弟○○○敬上
×月×日

24.回條：

承 委一節，容與李君細商後再行奉 聞。
此覆。即頌
刻祉
回呈
貴先生
兩渾

說明：「知名不具」是說你知道了，不必具名。交情很好時才可以用。
「兩渾」是上下款都不寫，即對方姓名和自己的姓名都不寫，有心照不宣之意。

貳、名片實例

1. 拜訪

正面

弟
呂新昌
拜訪

2. 拜年

正面

弟
呂新昌
拜年

3. 辭行

正面

弟
呂新昌
辭行

辭行（又式）

正面

明早乘機赴美特來辭行
晚
呂新昌
留上
○○世伯大人

4. 訪晤未遇

正面

留呈
○○○先生

弟 呂新昌 拜上

反面

頃間趨訪，適值
駕出，未晤為悵。下午二時容當再謁，
懇請
惠賜稍候為感

×日上午×時
名正肅

5. 贈送

正面

送呈
○○○先生

弟 呂新昌 敬上
×月×日

反面

茲送上標準書法範本一冊以供令郎臨字
之用敬祈
哂納

名正肅

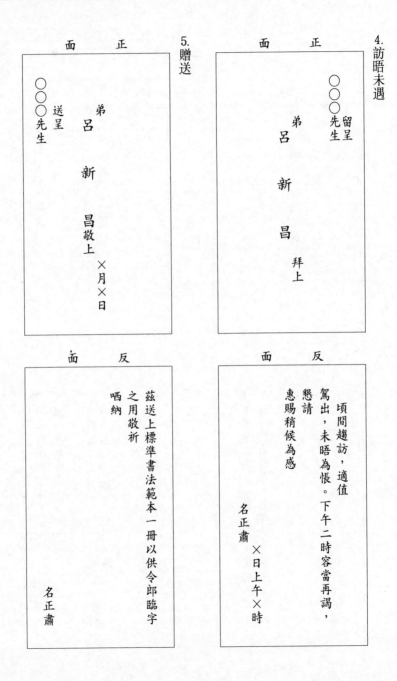

6. 答謝

正面

厚賜謹領。謝謝，復上
○○先生
弟 呂新昌 鞠躬
回呈
貴先生

7. 約晤

○○兄刻在舍，請
駕臨一敘為盼！
弟 呂新昌 謹上
即刻
此上
○○兄

約晤（又式）

正面

弟 呂新昌 留上
×月×日
留呈
○○○先生

反面

頃有要事奉商，晉謁未遇。定明(八)日上
午八時再來晉謁，乞留步為盼！
名正肅

8. 託帶物品

正面

×月×日
呂新昌 謹上
敬煩帶交
○○兄

反面

茲乘○○兄東來之便特託帶上柴魚三斤
敬希
莞納勿卻是幸！
名正肅

9. 介紹

正面

弟 呂新昌 拜 私章
面呈
○校長

反面

茲介紹同學××兄趨謁請賜接見，並予
惠助，為幸！
此上
○○學長兄
×月×日
名正肅

自我評量：

1. 何謂便條？何謂名片？其用處為何？
2. 便條和名片怎樣寫法？
3. 便條和書信有何不同？
4. 解釋下列各詞：
   (1)名正肅 (2)名正具 (3)兩渾 (4)知名不具。
5. 請照下列情形練習寫便條：
   (1)訪友不晤 (2)邀約便餐 (3)餽贈禮物 (4)請求取物。
6. 請照下列情形練習寫名片：
   (1)答謝贈禮 (2)辭別 (3)借物 (4)介紹朋友去訪。

第四章　履歷表及自傳

第一節　履歷表及自傳的種類和用途

履歷表是填寫個人學經歷的主要表格，也是自薦的重要工具。自傳則是一種傳記性質的文學，由於寫作目的不同，可以寫自我的回憶及反省，也可以在謀職時自薦。在今日工商業發達的社會，任何人在謀職時都必須填寫一份履歷表和自傳，用來介紹、推薦自己。

壹、履歷表的種類和用途

履歷表的種類常見的有四種：

一、**履歷卡**：又稱履歷片，通常用於一般商店及工廠徵募普通職員或工人時。格式如附表一之一及一之二。

二、**履歷表**：內容較履歷卡略為詳細，一般公司行號徵求中級幹部時用之。格式如附表二。

三、**履歷自傳表**：又稱履歷表自傳書。一般大公司行號徵求重要幹部時用之。格式如附表三。

四、**公務人員履歷表**：公教人員任職時用之。

附表一之一

姓名	
性別	
年齡	
籍貫	
學歷	
通訊處	
曾任職務	
貼相片處	

附表一之二

姓名	
性別	
年齡	歲 民國 年 月 日生
籍貫	
學歷	
電話	
通訊處	
曾任職務	
身分證號碼	
應徵職務	
希望待遇	
貼相片處	

附表二

履歷表

姓名	
性別	
年齡	歲 民國 年 月 日生
籍貫	
身分證號碼	
通訊處	
電話	
永久住址	
電話	
健康情形	
血型	
身高	公分
體重	公斤
學歷	
經歷（或自述）	
特長	
應徵職務	
希望待遇	供食宿 是 否
備註	
貼相片處	

附表三

（封面）

貼相片

履歷自傳表

姓名：

住址：

中華民國　年　月　日

（內頁）

履歷

姓名		性別		身分證號碼	
年齡	歲	民國　年　月　日生			
籍貫					
通訊處				電話	

自傳（從下一面開始寫）

自傳書寫內容：

一、身世、出生地點

二、家庭狀況（包括職業及經濟狀況）

三、求學經過

四、服務經過（曾任職經過）

五、自我批評（性情、興趣、專長、宗教信仰等）

六、將來之志願與今後抱負

七、其他自述

履歷表的用途，簡單的說有三項：

一、自我推銷的工具

履歷表是求職應徵時的書面資料，它把求職者的——姓名、性別、年齡、學歷、經歷、專長等，傳達到徵求者的手中，以達到自我推銷的目的。

二、謀職成功的鑰匙

假定有無工作中間隔著一道門，在門外是沒有工作，打開這道門進入裡面是有工作，那謀職便是打開這道門進去工作，而履歷表可以說是打開這道門的鑰匙，其重要性可想而知。如果你能把履歷表寫得妥善詳盡，那就很有可能你將脫穎而出，被優先錄用了。

三、徵求者的重要參考

徵求者面對眾多的應徵者，面對時只能參考他們履歷表上的資料來溝通，印證應徵者的學識、能力，更進一步了解其背景，作為錄用與否的根據。

貳、自傳的種類和用途

自傳的種類，依其內容性質來分，大約是兩類：

一、敘述生平的自傳：這是一種自我告白，又稱自述或自敘，有詳述與略述之別。前者如胡適四十自述，後者如國父自傳。

二、謀職荐介的自傳：這是一種自荐，用點的敘述，凸顯自己的長才，以達到應徵時脫穎而出的目的。

自傳的用途，大概說來，有五項：

一、自傳是自我反省和檢討。自傳大多是寫過去的事情，作者在事過境遷之後，以冷靜的心來檢討，誠實、客觀的寫出成敗因素，自有感人之處，亦可作為殷鑑。

二、自傳是傳記性質之文學。從內容方面來說，自傳屬史學範圍；從形式方面來說，自傳屬文學範圍，正似史記、漢書一樣，既有歷史價值，又有文學價值。君不見，多少名人的自傳，都有奇妙的文學趣味，令人愛不釋手。

三、自傳是歷史學者常採用的素材。胡適在他的《四十自述》中談到曾勸梁士詒先生寫自敘的事，因為他知道梁先生在中國政治史上及財政史上，都曾扮演過很重要的角色，所以他希望梁先生為將來的史家留下一些史料。由此可見其珍貴性。

四、自傳是人事檔案的資料。自傳敘述個人的身世背景、學經歷及專長、自我剖析等，是人事檔案的基本資料。

五、自傳是自我推荐的媒體。為應徵求職而寫的自傳，旨在推荐自己，具有廣告與競爭的性質。

第二節　履歷表及自傳的結構和寫作要點

壹、履歷表的結構和寫作要點

一、履歷表的結構

現在依照上一節所講的種類說明如下：

㈠履歷卡：除了「貼相片」一欄外，還包括下列十一項。（參看附表一之二）

1.姓名：寫真實姓名，筆名、字號應加括弧寫在右下方。
2.性別：寫「男」或「女」。
3.年齡：寫足歲，生日必須與身分證相符。
4.籍貫：依身分證填寫。（可改為出生地）
5.學歷：寫最高學歷。
6.通訊處：寫最容易連絡到的地址。
7.電話：寫通訊處的連絡電話。
8.曾任職務：寫過去的經歷及職位。若無任職經歷，可寫受訓、檢定、或得獎等事實。
9.身分證號碼：寫統一編號。
10.應徵職務：寫所期望的職位或工作。
11.希望待遇：按目前行情填寫，或填「按貴公司規定敘薪」。

(二)履歷表：結構大致與履歷卡相同，但因較大張，所以要填寫的資料比較詳細。（參看附表二）現在僅就與履歷卡不一樣的地方提出來說明：

1.永久地址：通訊處有可能是暫時的，也就是說過一段時間之後，有可能會變動。永久地址則是永久的，可使連絡不致於中斷。永久電話亦同。
2.健康情形：寫「良好」，並填上血型、身高及體重。
3.學歷：一般由國小寫到最高學歷，寫畢業的學校即可。
4.經歷或自述：經歷以跟應徵的工作有關者優先，採倒敘法，從最近的工作寫起。如未有工作經驗，可簡單自述，並將研習、檢定、得獎等事實加以敘述。

5.特長：將自己的特長寫清楚，尤其是徵求者所需要的特殊才能，要優先寫上去。

6.供食宿：在「是」與「否」之下打「✓」即可。

7.備註：表上未列出的資料，都可在備註欄下註明。如關係人，個人嗜好，社會活動等。

㈢履歷自傳表：是履歷卡和自傳的綜合，結構分封面和內頁：（參見附表三）

1.封面：中路為「履歷自傳表」五個大字；右路為姓名、地址，上角貼相片；左路為填寫此表的日期。

2.內頁：一般有六、七面之多。第一面右半面為履歷，比履歷卡還簡單；左半面開始為自傳，並註明自傳書內容，有七項之多，可斟酌損益。第二面開始，一直到最後，供書寫自傳之用。

㈣公務人員履歷表：是公教人員任職時填寫的，內容最為詳細。因有人事人員說明、檢查，茲不贅。

二、履歷表的寫作要點

履歷表的格式常見的雖有四種之多，但寫作時仍有共同的要點必須把握，說明如下：

1.資料要真實正確。履歷表是求職的自荐媒體，必須真實正確的反映應徵者的真面目，不可誇張虛偽，言過其實。也不必過分謙虛，坐失被錄用的機會。

2.文字要力求簡明。履歷表的項目，很多項都是填入固定資料就行了，不必有什麼文采，但在學、經歷和自傳的敘述時，就要力求簡潔明白，不可堆砌資料，失去重心，使人厭煩看不下去。

3.格式要合宜實用。履歷表的格式很多，有現成的，有自製的；有簡單的，有詳細的，採用那一種格式較好，難有定論，總以切合實用為主。原則上是應徵的層次越高時，採用的格式要越詳細才好。

4.繕寫要工整清晰。履歷表的字體，筆畫要清晰，不可龍飛鳳舞，潦草不堪。字要排列整齊，使整個書面看起來有美感。一般說來，以手寫為宜，不宜打字、影印。

貳、自傳的結構和寫作要點

一、自傳的結構

上一節我們把自傳分為兩類，現在把它的結構說明如下：

㈠敘述生平的自傳：人事資料中的自傳，或是履歷自傳表中的自傳，都是屬於這一類。其基本結構大致如下：

1.個人身世：介紹自己的姓名、年齡、籍貫，及家世淵源等。近祖中（三代或五代）如有特殊成就者，亦可加以介紹，以彰顯家風。

2.家庭狀況：介紹家庭背景，一般生活情況及經濟狀況。

3.求學經過：敘述各階段求學的情形，寫明畢業的學校，由小學上來，直到最高學歷；如有各種專長研習、訓練、或特殊榮譽事蹟，或受某位老師的特殊影響等，都可以在該階段一併敘述。

4.服務經歷：把服務過的機關及職務，一一寫出，如強調服務的績效時，一定要有具體的事實可資證明才行。剛走出校門的社會新鮮人，可將暑期工讀、社團服務、校內外實習等心得和成果加以敘述。

5.自我批評：敘述自己的個性、興趣、才能、專長及人生觀等，都可一併寫出來。

6.未來抱負：對應徵的工作，把過去的經驗、心得，現在的看法、計畫等，加以論述、分析，使徵求者知道自己對這項工作有深刻的認識、了解，具有深厚的發展潛力。

㈡謀職荐介的自傳：求職性質的自傳不宜太長，一般說來，以五百字為原則。至於它的結構，比敘述生平的自傳簡略而富有彈性，只要往應徵的工作有密切的關係去敘述就行了。

二、自傳的寫作要點

自傳的篇幅雖不宜太長，但要簡要、恰當的介紹自己，推銷自己，確實也不容易。一般說來，寫自傳要注意下列六點：

(一)構思要細密。動筆寫自傳前，先要想好：1.應徵工作的性質為何？2.自己的學經歷如何配合？3.目標、理想如何？4.如何分段敘述？這些問題，經過細密的構思後，寫出來才能深入得體。

(二)字句要平實。寫自傳要儘量將自己的能力、經驗表達出來，切忌自我誇耀，使人生厭。

(三)語氣要積極。自傳的行文，語氣要表現出積極進取、奮發向上的個性，千萬不可流露出消極頹廢、得過且過等消極的態度。

(四)行文要流暢。自傳的篇幅不長，一定要講求寫作技巧，行文流暢明白，才能引起徵求者的賞識。若文句不通，文義不明，只有被遺棄的命運。

(五)內容要適當：自傳的內容要切合徵聘者的需求，也就是以工作性質為取向，千萬不可漫無邊際的大放厥詞，引起徵聘者的反感。

(六)書寫要工整。自傳不宜打字，最好寫在自傳表上，字體要工整，才不會被判定為做事草率的人，而遭遇出局的不幸。

第三節　履歷表及自傳實例

現在按前兩節所講的類別各舉一實例以供參考。

一、履歷卡

【例一】

姓名	張大中	性別	男
年齡	○歲（○年○月○日生）	貼相片處	
籍貫	台灣省彰化縣		
學歷	國立○○高商畢		
通訊處	彰化縣彰化市○○路○○號		
曾任職務	珠算初段及格；會計二級及格 學校實習銀行實習三個月 擔任班長、電腦社社長各一年		

【例二】

姓名	李大中	性別	男
年齡	○歲	民國○年○月○日生	
籍貫	台灣省基隆市	貼相片處	
學歷	國立○○工專電機科畢	電話	○○○○○○○○
通訊處	台中市○○路○○號		
曾任職務	○○乙級技術士檢定合格 ○○電機工廠助理工程師（現任） ○○工廠技士（○年—○年）		
身分證號碼	0000000000		
應徵職務	助理工程師		
希望待遇	30,000		

二、履歷表

履歷表

姓名	林大中	性別	男	貼相片處	
年齡	○歲	民國○年○月○日生			
籍貫	台灣省桃園縣	身分證號碼	○○○○○○○○○○		
通訊處	台北市師大路○號	電話			
永久住址	桃園市○○街8號	電話			
健康情形	良好	血型O	身高一六四公分	體重	52公斤
學歷	國立台灣師範大學體育系畢業 省立桃園高中畢業 桃園縣立○○國中畢業 桃園縣桃園市○○國小畢業				
經歷（或自述）	1.師大游泳隊隊長 2.大專聯運游泳自由式第○名 3.畢聯會編輯				
特長	游泳、游泳教練				
應徵職務	體育教師				
希望待遇	依照敘薪規定	供食宿	是	否	✓
備註	希望校長能夠約談				

三、履歷自傳表

履歷

姓名	呂新昌	性別	男
年齡	○歲	民國○年○月○日生	
籍貫	台灣省桃園縣		
通訊處	桃園市中央街○號	電話	○○○○○○○
學歷	國立台灣師範大學國文學系畢業		
曾任職務	1.初中教師○年。 2.高職國文教師○年。 3.萬能技術學院副教授○年。	應徵職務 希望待遇	台灣文學教授

自傳

我叫呂新昌，台灣省桃園縣人。民國二十七年生，是來台始祖呂孟生公的第八世裔孫，世居桃園八德，代代以農為業，清白相傳。我從小學到高中，都在家鄉的學校就讀，未曾出過遠門。家中父母皆已棄養。育有三女一男，女兒都已得到碩士學位，兒子還在大學苦讀。家庭經濟小康，有自己的房子，也有車子代步。

民國五十三年考取國立台灣師範大學國文學系，畢業後一直留在家鄉的省立桃園農工職校服務，並利用課餘之暇，努力進修，確實做到了「教學相長」。以一個鄉下的中學國文教師來說，較突出的表現是民國六十八年，在台灣商務印書館出版了「最新應用文彙編」和「歸震川評傳」。至民國七十一年又回母校國研所暑修，在恩師　王更生教授的指引之下，走上學術研究的道路。在此期間，又蒙鍾肇政及李喬兩位先生之協助、指導，完成《吳濁流研究》，榮獲台灣省教育廳七十三學年度高職教師專題論文競賽優等獎，轟動全班進修同學。

先是在七十一學年度時，應聘在私立萬能工專兼課，並取得講師資格，至八十一學年度改聘為專任講師，並於八十三學年度升級為副教授。我研究的領域有三：一、文學理論。二、文學史。三、台灣文學。

無可爭論的，專科學校的圖書及研究風氣都遠不如大學。久聞　貴校藏書豐富，教師陣容堅強，研究風氣旺盛，研究成果輝煌，若有機會，願到　貴校服務。一方面可向各位師長學習，努力鞭策自己，期能百尺竿頭更進一步；另方面發揮所學，努力教學，教誨學生正大光明的人文思想，並加緊研究，期能使台灣文學脫離歷史的悲情，撥雲見日，從熱愛鄉土來建立高超的人生觀。

自我評量：

1. 履歷表及自傳各有那些用途？
2. 寫作履歷表及自傳各應把握那些要點？
3. 試作一篇謀職荐介的自傳。

第五章 廣告啓事

第一節 廣告啓事的意義種類和用處

我們在應用文的種類中曾說過：「廣告啓事都是向大眾宣達公告的文件，其作用都在對普通的人或特定的人有所陳述，而希望達到我們所預定的目的。」其實廣告有廣義和狹義的涵義，廣義的廣告，包括布告、啓事、傳單及商業上的宣傳品等；狹義的廣告，則只限於商業廣告和啓事廣告而已。現在分別說明如下：

布告是公文的一種，雖然現在報紙上常有大號的廣告，登載政府機關的通告公告之類的東西，但是我們還是把它當作公文，不作廣告來看。所以這裡不加贅述。

啓事也叫做報刊啓事。凡是個人或團體，對於公眾或一部分人，或是特定的某人，有所陳述，而用公開的方式，在一定的時間內刊登在報紙上，或是其他的刊物上的文字，就叫作「啓事」。如果是用紙條印刷或書寫，張貼在通衢要道上，給所有來往的人觀看的，便叫作「招貼」。而啓事由於方式的不同，又可以分為書函啓事和廣告啓事兩種。書函啓事就是把啓事文件分送給各受文者，在私務方面來說，如書信，便條，或是柬帖等都是；在公務方面來說，如公文或是開會通知等都是。至於廣告啓事，便是將啓事廣告刊登在報紙或書刊上，或是張貼在顯明的地方——招貼——的啓事。由此可知，廣告啓事是公開表達的啓事，而書函啓事則只限於特定的受文者而已。雖然廣告啓事中也有特定的對象，如警告啓事便是以被警告的人為其特定的對象，但是一經登載在報紙書刊上，便是人人都能看到了。所以廣告啓事要有下列四種情況之一存在時才有需要，不然的話，只要用書函通知便可以了。

一、不明受文者的地址，無法將啓事文件送達時，如尋人啓事。

二、欲公諸社會，以期大眾了解時，如警告，聲明、開業、遷移、鳴謝，及結離婚等啓事。

三、為完成法律程序時，如遺失啓事，聲明異議啓事等。

四、向社會大眾徵求，以期達到特定的目的時。如徵求、招考或招租等啓事。

傳單就是各種宣傳單，沒有硬性的格式，大都是派人在街頭上分發，或託送報的附送，有時候也可以用來張貼。商業上的宣傳品可在橱窗陳列，也可以做廣告牌廣告，也可以利用無線電廣播或電視傳播廣告，其作用全在宣傳商品，招徠顧客。為了篇幅的關係，只好從略。現在把廣告啓事等的關係，畫圖如下，我們對其涵義，便可一目了然了。

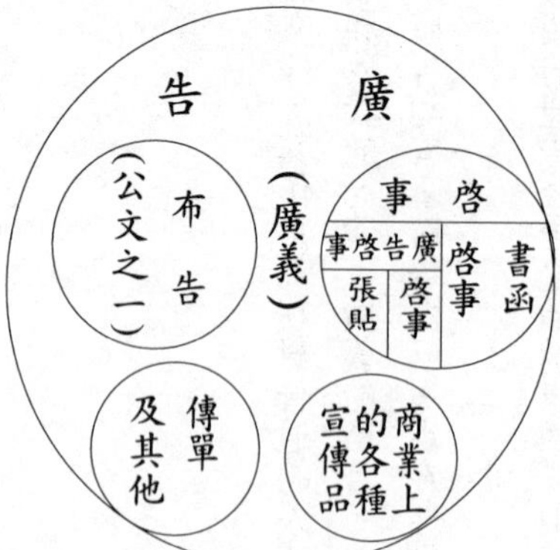

廣告啓事的種類很多，依其性質來分，約有下列十七種，現在分別說明如下：

1. **聲明**：聲明是對某一件事有所宣示告白的意思。如聲明遺失，聲明脫離關係，聲明產權等，大都是與法律行為有關係的，可以請律師代為聲明，也可以由聲明人自行辦理。

2.介紹：介紹是替他人宣傳和推荐的意思。如介紹醫師，介紹書報，介紹新產品等。有時候事實上是自我介紹，不過卻先商得他人的同意，而用他人名義來介紹的廣告。

3.徵求：徵求是為了某種需要，而公開向社會徵求的意思。如徵求器物，徵求人才，徵求答案等。

4.尋訪：尋訪就是尋找查訪某人或某物的下落。如尋人，尋物，查訪親友的住址等，這種啓事，大都是附有酬謝作條件的。

5.通知：通知是私人或團體將某項事實或活動對外宣告的意思，如講演、集會，聚餐等的日期，時間及地點的通知。通知和公文中的公告性質相同。

6.警告：警告是發現某種違法的事件，在採取實際的法律行為前，給對方的告誡。如警告出走，警告假冒等。

7.道歉：道歉廣告，大都是和解糾紛的一種辦法，而可能也是和解糾紛的一種條件。如對某人出言不遜，而登報道歉，或因某事而對某人誤會，特為道歉等。

8.慶賀：慶賀是一種表示慶祝道賀的意思。如賀婚嫁，賀開業，賀得學位等。

9.喜慶：喜慶啓事包括通知婚嫁，祝壽的日期，時間和地點等。

10.弔唁：弔唁是有關喪葬之事的廣告，如報喪、公祭、追悼之類。

11.鳴謝：鳴謝是對人表示感謝的意思。這一種啓事的範圍很廣，如謝醫師、謝救助、謝當選、謝招待，及有關慶弔方面的謝啓等。

12.懸賞：懸賞啓事是以金錢作為酬謝，希望他人代為查緝尋訪提供線索。如查緝贓物，尋找失物等。

13.租售：租售是指出租和讓售，也就是將產物公開出租或出售的意思。如房地產，車船的租售等。

14. **招考**：有關商店或機關團體學校，招考店員、學徒、職員學生等用。

15. **遷移**：公司行號或個人遷移新址時用。

16. **呼籲**：團體或個人，對政府的措施有所不滿，或受某種委曲，而公開呼籲，希望各界同情給予支持時用。呼籲時要有光明正大的理由，在法、理上要能站得住腳。

17. **辭行**：將要出國，或由國外歸來觀光考察，在將要離去時向各界或親友辭行致謝。

以上十七種都是啓事廣告中比較普通常見的，而每一種裡面又因為人事複雜而有不同的名稱，所以不便逐一列舉說明。

招貼的種類也很多，我們可以說，凡是在街頭巷口所看到的張貼，除了標語之外，全都是招貼。因此也就不需一一列舉了。

第二節　廣告啓事的結構

廣告啓事的結構，可以分為下列三部分：

一、**標明性質**。啓事在正文前，應將性質標明。如「介紹〇〇〇大律師」「警告〇〇〇啓事」等，用大號鉛字或不同顏色印出，以期醒目。

二、**啓事內容**。內容視對象與目的而定。如懸賞尋狗，目的是希望看到啓事的人幫忙尋找，務須把狗的特徵詳細說明，並答應給人多少報酬。

三、**啓事者具名及地址，或電話號碼**。個人具名啓事，如果涉及法律的責任時，便要用本名，除此之外，用隱名、化名，甚至於不具名，都可以視實際的情形來自行決定，如果要給對方聯繫方便，好比是懸賞或徵婚等啓事，便需要有地址或電話號碼，以及接洽人的姓名等。

第三節 廣告啓事的寫作方法

寫作廣告啓事應該注意下列四點：

一、**文字要簡明謹嚴**。廣告啓事的內容應以簡明為主。因為如果是刊登在報紙書刊上，便要付廣告費，而廣告費是論字論行來計值的，當然不可以浪費自己的金錢，如果是自印招貼，為了節省紙張，文字也不宜冗長。而廣告啓事的文字，除了簡單明白之外，還要謹嚴。所謂謹嚴就是措詞要謹慎嚴密。在廣告啓事中應用最廣的要算是聲明，而聲明這種啓事，往往關係到法律問題，一言不慎，便可能誤事，甚至於出事。所以下筆時非細密推敲不可。其次如警告啓事，這也不是兒戲的，自己的立場固然要堅定，理由也要充分，文字更要謹慎，一字一句都不可以苟且馬虎。

二、**內容要淺顯扼要**。廣告啓事的目的在使大眾周知，所以內容非淺顯扼要不可，要淺顯，當然以白話文最好，但是白話易流於冗長，所以只好用淺近的文言文了。但要記住，不要用典故，不要用駢體，才不會使若干人看不懂，而減低了廣告啓事的效果，甚至於失去了意義。所謂扼要就是不說廢話，只把重要的事寫出來就行，其他的不必囉嗦，免得浪費廣告費。例如通知開會，寫明日期、時間和地址就可以了，其他的一切都可以省略。

三、**要注意一定用詞**。有的啓事，其用詞有一定的規律，或由於習慣使然，或由於古今禮制相傳，都不可以含混亂用。如結婚啓事中用「恭請〇〇〇先生福證」，就不可以直截了當的說「恭請〇〇〇先生證婚」。

四、注意法律上的責任。我們剛剛已經提到，廣告啓事的文字務要謹嚴，所以凡是所用的字句或語氣中，影射、誹謗、攻擊，或涉及妨害他人名譽或信用時，便要負起法律上的責任。因此，寫作時要特別謹嚴，以免誤蹈法網。

至於商業方面的廣告，其寫作方法就更複雜了，本來廣告學就是一種專門學問，我們在應用文裡，是不可能作深入的研究的。所以在這裡只提出**商業廣告應該把握的三大原則**來說明一下。

一、**引人注意**。商業廣告的目的，在引人閱讀，進而吸引顧客，如果廣告登出來卻沒有人注意，豈不是白費？所以在寫作時便先要考慮到這個問題。因此，標題要別致貼切，文字要簡單扼要，排列要新穎醒目，才能使人看了醒目的排列，不得不看標題，看了別致貼切的標題，便自自然然的再看內容，然後便被簡明扼要的內容吸引住了，於是他便私下想看，我一定要買一個試試。

二、**引人興趣**。排列，標題可以使人注意了，便要進一步想到用什麼體裁的文字，才能引人入勝，引起別人的興趣。一旦有了興趣，他便非看完不可了，因此廣告的目的也就達到了。

三、**使人相信**。商業廣告的通病就是誇大，不顧事實。如有一種藥品，便聲稱它能治萬病，反而弄得別人不敢相信了，這樣的廣告便是失敗了。所以一定要根據事實，說得頭頭是道，雖然也可以誇張一點，但是一定要叫人相信才行。

第四節 廣告啓事實例（附招貼）

廣告啓事的例子太多了，每天在報紙上都可以看到，其他書刊上也不少，真是不勝枚舉，為了方便起見，只按照前面啓事廣告的種類各舉一例如下：

一、聲明：聲明遺失國民身分證

遺失本人國民身分證××××××××××號乙紙登報聲明作廢。

○○○住×市×里×路×號

二、介紹：介紹律師

介紹○○○大律師

○○○大律師，近應國人要求，由美返國開業，願為各界伸張正義，保障權益，特為介紹。

事務所：××市×路×號電話××××號

介紹人：○○○ ○○○ ○○○

○○○ ○○○ ○○○

三、徵求：徵租住屋

徵租住屋

茲有夫婦二人急需三十坪左右住屋乙宅可付押金願租者請到本市×路×號王洽。

四、尋訪

尋　人

○○鑒：汝不別而行，予心甚痛，如尚有父子之情，望即回家，以慰予心，決不責汝。

五、通知

學術演講

日期時間：×月×日（星期日）下午×時。

地點：本會。

講師：○○○教授。

講題：西德的職業教育

台北市教育會啓

六、警告：警告出走

警告養子○○○速回啓事

○○兒×月×日信已悉，對汝之事已有相當妥善安全之辦法，望汝速回辦理手續為要，倘再遲延則自誤矣此囑。

父○○○

七、道歉：向警局道歉

道歉啓事

敝人前至台北市警察局外事室辦理出境手續時，因一時衝動，曾有無禮之行為。事後三思，深為懊悔，特謹登報公開道歉。

〇〇〇講啓

八、慶賀：慶賀當選

慶　賀

〇〇〇先生當選立法委員

〇〇〇
〇〇〇
〇〇〇
〇〇〇
仝敬賀

九、喜慶：結婚（雙方父母具名）

長男〇〇
次女〇〇〇訂於中華民國六十四年八月一日在台北市舉行結婚典禮特此敬告

諸親友

〇〇〇〇
〇〇〇〇
〇〇〇〇
〇〇〇〇
敬啓

十、弔唁：追悼個人

追悼○○○先生啓事

×月×日為○○先生逝世五週年紀念，特於是日上午十時，假中山堂開會追悼，至祈準時參加為荷。

十一、鳴謝：謝賀結婚

○○○○○○鳴謝啓事

昨日長男次女○○○○舉行結婚典禮辱承　長官親友寵賜厚貺，並蒞臨觀禮無任榮幸，謹此鳴謝。

十二、懸賞：懸賞緝拿

懸賞緝拿○○○又名○○○

查○○○係×省×縣人，年二十餘歲，面長臉黃，鼻高髮黃，身材中等，著香港衫，於九月一日盜取支票，偽造印鑑，捐款潛逃，如有仁人君子通風報信因而拿獲者賞新台幣三千元，儲款以待，決不食言。

本市×路×號××公司啓

十三、租售：房屋招租

吉屋招租　坐落本市××路×段××號，樓下房屋約四十坪，廚廁全，宜開店，租金廉。有意者請撥電話××號　王太太洽

十四、招考：學校招生

國立××農工暨補校招生

1.報名日期：七月廿八日、廿九、三十，三天。
2.報名地點：××縣××鎮××路×號
3.委託代招學校：①私立××工商。②私立××工商。
4.考試日期：八月一日、二日，兩天。
5.科目、手續，請詳見簡章。（簡章函索即寄）

十五、遷移

本報遷移啓事

本報已於×月×日，全部遷入××市××路×號新廈辦公，有關發行、廣告、編輯、採訪及一般事務，自即日起，敬請惠臨新址洽辦為荷。

××報社啓
電話：×××號（十線）

十六、呼籲

台灣區飼料工業同業公會

為挽救飼料業之危機，避免影響物價之波動，籲請政府改善玉米進口辦法緊急啓事。

謹　呈

行政院院長　○

經濟部部長　○

交通部部長　○

國際貿易局局長　○

鈞鑒

一、查飼料業與畜牧業之發展，二者息息相關，關係民生甚鉅，是以進步國家莫不大力獎勵飼料發展畜牧業。我賢明　總統也常昭示發展農牧，改善民生，足見關懷民瘼無微不至，然而自從本年五月間大宗物資進口辦法公布實施以來，飼料業賴以進口加工的主要原料玉米，不僅須經指定之公營貿易機構代為標購，而且又須經國輪東南亞航線組排船，以致無形中造成採購費用增加，運費上漲，原料不繼等諸多困擾，非但直接影響飼料製造成本，同時間接影響家畜生產成本，增加消費者負擔，實亟待改善以利國計民生。尤其，採購玉米合約，致使泰國乘機抬價，緊縮對我供貨，甚至拒絕對我應標，更影響國內玉米市價之波動，因此本會乃不得不冒瀆公開向政府有關機關陳情，並作數點建議，祈請採納解決。

二、茲謹分別詳陳事由及建議如下：

1. 應停止與泰國談判之理由……

2.改變採購地區之理由……

3.開放限制國輪裝運，改為鼓勵裝運國輪之理由……

4.在目前進口不正常情形下，不影響進口計劃量之廠商暫不處分……

5.……

三、除正式向主管貿易提出申請外，謹特呼籲如上，伏祈　督察迅賜解決，俾利畜牧飼料發展，以利國計民生。

十七、辭行啓事：團體辭行

辭行啟事　本隊此次回國訪問，荷承政府機關暨各界親友盛情款待，熱心協助，隆情厚誼，感激莫名。今因匆促返美，未克一一遍辭，謹此致謝。

美國華僑足球隊謹啓

附：招貼實例

招租
坐落××路×號吉屋一幢三房一廳設備齊全空氣清鮮交通便利合意者請駕臨領看租押金面議

尋找失物
本人因一時不慎遺失皮包一件內有現金三百元及本人衣物證件拾得送還願酬新台幣五百元 本市×路×號 ×××啟

尋人

男孩〇〇〇五歲臉圓面白身高××穿白衣黑長褲，黑鞋本地口音，本月三日走失，通風報信因而尋獲者酬謝新台幣三千元，送回者新台幣五千元不追究情況及原因。住本市　路　號王白

註：尋人故意把人字倒了，表示「人到了」；和春字福字倒貼，表示「春到了」，「福到了」的意思一樣。

招雇臨時員

本處需臨時紀錄十人以體健耐勞書寫端正為合格有意者請進入報考。

自我評量：

1. 什麼叫廣告和啓事？啓事廣告可以分為幾種？
2. 寫作廣告啓事要注意些什麼？
3. 習作下列各種啓事：

(1)結婚　(2)辭行　(3)通知開會。　(4)介紹律師。　(5)遺失國民身分證聲明作廢　(6)尋人　(7)追悼會　(8)吉屋召租。

第六章　柬帖（柬帖即簡帖）

第一節　柬帖的意義功用和種類

柬字的本義作「分別簡之」解（見說文繫傳），就是分別其差異而加以選擇的意思。段玉裁注：「……借簡為柬也。」可知柬和簡兩個字是互通的。簡，就是竹簡，是古代未發明紙時，用來記載文書的。帖是文告，卡片。柬帖的意思就是書簡卡片，是通知親友陳述事情的文書卡片。它是把一件事情印好之後，普遍的發給各方親友，事先估計要發多少就印多少。它的作用在通知，把一件事情通知給受帖人知道，這是一種交際的運用，也是一種人情往來的禮貌表示。就柬帖的性質來說，它原是書信和便條的一種，然而因為它的格式比較固定，而且詞句和文字的變化也很少，因此在我們的日常生活中就被廣泛的應用了。不論貧富，也不管地位的高低，只要有婚喪喜慶之事時，大家都運用柬帖辦事。因此，柬帖在應用文中能自成一格，而與書信和便條相提並論。

我國古代的禮制非常隆重繁複，尤以婚喪方面為最。民國成立以來，社會習俗改變了不少，從前那些繁文縟節也刪除了不少。現在政府又正在倡導節約，婚喪喜慶，都要力求簡單隆重，因此，各種柬帖也都在改革，力求適應時代的要求。一般說來，婚、喜、慶時用紅色卡片，色彩花紋都要求鮮豔。喪事用白色卡片，要求樸素。柬帖的種類繁多，難以枚舉，就日常生活中常用的來說，約可分為五種：一、邀請帖。二、送禮帖。三、辭謝帖。四、婚嫁禮帖。五、喪葬禮帖。

第二節　柬帖的寫法和注意事項

柬帖的內容可以分為三部分：一、是受帖人。二、是事情的內容和囑望，三、是發帖人。普通的請帖只是一些大小恰當的小卡片，分為正面和反面，也有比較大一些，對摺後分為四面的，外面的兩面叫正面和反面，裡面的兩面叫上面和下面。不管那一種柬帖，正面都是準備寫受帖人姓名和地址的。它的寫法就像寫信封一樣，右邊直行寫受帖人的地址，寫時要上空一、二字，地址要詳細。中間行寫受帖人的姓名和稱呼，有太太的還要加上「夫人」二字，如「○○○先生夫人」。左邊下是印妥的發帖人地址和姓，郵票貼在左上角，如果再加封套的話，那麼寫在正面上這幾項便全部寫在封套上，空下來的正面就改印其他文字了。通常是：結婚印「囍」字，祝壽印「壽」字，訃帖印「訃」字。壽喜之事還可以印上各種花紋，以示吉祥。裡面的上半面，或上下兩面便印柬帖的內容本文，和發帖人的囑望，下半面印發帖人的姓名。要是小張的兩面柬帖，那麼這些本文和發帖人姓名等，便都印在反面上。較大的四面柬帖，其反面往往是空著的。

柬帖上的文字是根據它的性質來寫的，因為性質不同，措詞也就不同了。婚喪喜慶的柬帖，各有各的格式，各有各的用詞，都是不可以混用的。還有發帖人的身分，對柬帖的內容文字和措詞也有很大的關係，也是應該注意的。

柬帖多半是用在典禮宴會上，主要在通知對方參加的時間和地點，所以一定要寫得詳細清楚才行，發帖人是指這件事情的主辦人，有時是一個人，有時是許多人，有的要用稱呼，也有不用稱呼的，這些都應隨時隨地注意才行。一般說來，我們寫作柬帖時要注意下列四點。

一、**不輕易改變格式**，但要力求合理。前面說過，柬帖的格式比較固定，所以不要輕易改變它。如果一定要改變的話，也要詳細研究，多加斟酌才行。因為這種格式在社會上已經習用多年了，改變的時候，如不加以研究斟酌，使它更為合理的話，便會引起別人的批評或給受帖人留下不好的印象。話雖如此，但那些陳舊的格式，不合理的，不合時代的，還是要設法加以改進，使它更合理，更合乎時代的需要才行。

二、**套用現成的辭句要恰當**。柬帖的成語大都是套用的，所以一定要用得恰當，才不會鬧笑話。所謂恰當就是要適合雙方的身分和輩分，稱呼敬辭要合適，還有柬帖的性質種類要相同。這些都是要研究清楚的，千萬不要盲目亂抄，以免貽笑大方。

三、**囑望的事情要特別註明**。囑望的事情是指發帖人除了本文通知的事情以外，那些附告及囑望的事情。例如：席設××處。時間：下午六時入席。地址：××處。花圈禮幛懇辭、恕不另訃、恕訃不週等，都要特別註明。

四、**印刷柬帖時，校對要仔細，套色要正確**。柬帖都是用印刷的，若等到印好之後才發現錯誤，那就難改正了，所以在排好版未印之前，便要仔細校對，不可以有任何錯誤。還有訃帖上應該套紅色的地方，如「鼎惠懇辭」，「親戚、世、學誼」的「親戚、世、學」等字，及「謹此訃聞」的「聞」字，都要套紅色，也是不可以弄錯的。

至於各種柬帖須要特別注意的地方，等到下一節講到實例時，再隨時補充說明。

第三節 柬帖實例

柬帖因用途廣泛，所以種類繁多，勢難一一枚舉。現在只好按類各舉數例加以說明，以供諸位參考。

一、邀請帖

邀請帖可以分為兩種：㈠是邀請參觀。㈡是邀請宴會。這種柬帖應該寫明下列五點：

1. 集會或宴會的日期時間。
2. 集會或宴會的地點。
3. 集會或宴會的性質。
4. 邀請受帖人蒞會指教或出席宴會。
5. 發帖人姓名。

現在列舉實例如下：

㈠請觀禮帖

> 謹定於×月×日上午九時舉行本校大禮堂落成典禮敬請
> 賜　教
> 國立○○中學校長○○○謹訂
> 校址：××市××路××號

說明：①「賜教」可以改為「光臨指教」。

②「舉行××典禮」可按實際活動名稱填印。
③邀請賓客「賜教」或「光臨指教」等均須另行頂格印刷，排在中央，較本文稍高一二字。

㈡請參觀帖

謹定於×月×日上午九時在本校舉行體育表演觀摩會敬請
蒞臨指教
××國民中學校長○○○謹訂

㈢普通請客帖

×月×日下午六時潔樽恭候
光　臨
○○○謹訂
席設本市××路王子大飯店

說明：①「潔樽」可以改為「便酌」、「菲酌」、「西餐」或「便餐」等，視準備筵席的實際情形來斟酌使用。
②「恭候光臨」可以改為「恭候台光」或「恭請光臨」。
③地點如果是在自己家裡，使用「本宅」或「敝寓」。

(四)慶壽請酒帖

×月×日為家嚴八秩開一壽辰敬具桃觴恭請

闔第光臨

○○○謹訂

席設：本宅

時間：下午六時

說明：①祝壽之酒稱為「桃觴」或「桃尊」。

②八秩開一是七十一歲。「開」是開始的意思。十歲叫一秩，「秩」也可以用「豑」字代替。八秩晉一便是八十一歲，晉與「進」通。

二、送禮帖

送禮帖應該寫明下列三點：

(一)所餽送禮物的名稱及數量。

(二)是什麼性質的禮物，如賀敬、祝敬、彌祝等。

(三)餽送人的姓名。

禮物的性質種類很多，限制也很嚴，它們都有一定的用語，不可以亂用。現在列表如下：

1. 婚嫁及其他喜事送禮用語

送禮類別	名稱	說明
銀錢	賀儀	婚嫁及其他喜事通用
銀錢	花燭代儀	送男家用
銀錢	花粉代儀	送女家用
銀錢	花儀	送女家用
銀錢	妝儀	送女家用
銀錢	代料	送女家用
銀錢	代幛	送男家用幛，所送之款額須足符喜幛之值。
銀錢	彌儀	送彌月用
銀錢	桃儀	送壽辰用
銀錢	喬儀	賀遷居用
銀錢	程儀	送遠行用
銀錢	贄儀	送老師用
銀錢	潤儀	謝寫字或作文用
銀錢	鵝金	謝寫字或作文用

物品	喜幛	送男家用
物品	喜聯	送女家用
物品	鏡屏	婚嫁和遷居通用
物品	銀盾、銀鼎	婚嫁和遷居通用
物品	燭酒花爆	送男家用
物品	顧繡	送女家用
物品	衣料	婚嫁、彌月、壽辰通用。
物品	房中陳設	如熱水瓶、茶具等，男女家均可用。

2.喪葬送禮用語

送禮類別	名稱	說明
銀錢	賻儀	以錢財助喪曰賻，故稱賻儀
銀錢	奠儀	以錢財作喪儀，普通稱奠儀
銀錢	代幛	其數須足為祭幛的代價
銀錢	祭儀	送冥壽用。
物品	祭幛	

物品	鏡框	上書祭文或悼詩悼詞
物品	花圈	
物品	輓聯	
物品	祭筵	親戚或學生送的

3. 婚嫁喜慶送禮封套用語

①賀儀、菲儀、賀儀、微儀、不腆之禮：用於送賀喜禮。

②湯餅之敬：賀生子女，男女通用。弄璋之敬：賀生子（男）。弄瓦之喜：賀生女。彌敬或彌月之敬：用於彌月送禮。晬盤之敬或晬敬：用於周歲送禮。

③喬儀、遷儀、喬遷之敬，鶯遷之敬：用於送遷居禮。

④落成之喜：用於新屋落成。

⑤開張之喜、開幕之敬：用於送開店禮。

⑥賮儀、程儀：用於送出行者之禮。

⑦節敬、菲敬：用於送節禮。

⑧贄儀：用於送業師之禮。

⑨脩儀：用於送業師學費。

⑩覿儀、見儀：用於送小輩見面禮。

4. 喪葬送禮封套用語

①賻儀、唁敬、唁儀、弔儀、奠儀、祭儀、紼敬：用於送初喪之禮。
②奠儀、素儀、奠敬：用於開弔之禮。
③代筵、代祭：用於代祭之禮。
④祔敬、陞祠之敬：用於送神主入祠之禮。
⑤撤席之敬、吉分：用於送除服之禮。

現在列舉實例如下：

(一)祝壽禮單

謹具
壽屏全堂
壽聯成對
壽燭對輝
壽酒兩罐
奉申
祝敬
○○○鞠躬

(二)喪事禮單

謹具
祭幛乙軸
輓聯乙副
祭筵乙席
祭酒乙尊
清香乙炷
玉燭成對
奉申
奠敬
姻世姪○○○鞠躬

說明：①凡所送的禮是物品，又不止是一兩件的，便必須寫禮單。
②喜慶禮單用紅紙，喪事禮單用白紙或藍紙。
③禮品件數忌用單數，而用「全」「成」來代指「一」字。
④祭奠禮品不必成雙，但要用「乙」來代替「一」字。

㈢送禮封套

1. 一般送禮封套

賀儀
六百元
○○○謹賀

2. 婚禮送男家

花燭代儀
六百元
○○○謹賀

3. 送喪禮封套

賻儀
六百元
○○○謹具

4. 婚禮送女家

花儀
六百元
○○○謹賀

三、辭謝帖

辭謝帖可以分為辭謝邀請和答謝餽送兩種。辭謝邀請的格式比較固定簡單，只要寫明敬謝和出帖人姓名就行了。答謝餽送就比較複雜，可以分為：①全領。②半領。③權領。④璧還等四種情形。這四種情形雖然用語不同，但是格式卻是一律的。都必須寫明：①領受與否。②道謝。③出帖人姓名。④使力

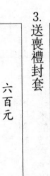

若干。現在舉例說明如下。

㈠用名片代謝帖

謝 厚貺領　○　○　○ ××××

說明：①「厚貺領謝」也可以寫在名片上姓名的右上端。
②凡送來的禮物全收時用「謹領謝」，全不收時就用「全璧謝」，不全收時就在「謹領」下註明所收的禮物的名稱和數量，然後再加「餘珍璧謝」四字。
③敬使是指給送禮物的人的賞錢，也可以改用「台力」。

㈡普通領謝帖

謝 謹　領 ○○○鞠躬 敬使拾元

㈢祝壽領謝帖

謝 遵　嚴命敬領 ○○○率子○○同鞠躬 台力伍拾元

說明：為父親祝壽用的謝帖用「遵　嚴命」，為母親祝壽用的謝帖便用「遵　慈命」。

㈣不收禮謝帖

謝 璧 儀全六百元 ○○○鞠躬 敬使拾元

(五)登門謝客帖

謝 嚴命踵 ○○○鞠躬

(六)喪事謝帖

謝 領 孤哀子○○○泣血稽顙 台力十元

四、婚嫁禮帖

婚嫁禮帖包括男女雙方所應用的柬帖，又可以分為訂婚和結婚兩種。訂婚與結婚柬帖大致相同，只是其中用語略加變更而已。這種柬帖，可分為兩種，一是致送親友的請帖，二是刊登報紙的啓事。這裡所要講的是致送親友的請帖，因為登報的啓事在第五章第四節已經提到了。致送親友的請帖，由於具名人身分的不同，它的格式，內容和用語，也就不一樣了，這種請帖，應該寫明下列三點：

1. 寫明訂、結婚的月日時刻和行禮的地點。
2. 如行禮禮堂和筵席不在一起，須寫明：禮堂設某處，某時行禮，筵席設某處，某時入席。
3. 由家長具名的，須寫明新郎、新娘與具名人的關係，如「次男」、「次女」之類。現在舉例如下：

㈠單方家長具名請帖二式

敬啓者次男○○承
○○○先生介紹於國曆×月×日×時假座×處與
○○○先生次女○○小姐訂（結）婚敬備菲酌恭候
台光
○○○鞠躬
席設：××處大禮堂
時間：下午×時觀禮 ×時入席

謹訂於國曆×月×日為次女○○與○君○○舉行結婚典禮敬備喜筵恭請
農曆×月×日
閤第光臨
○○○鞠躬
禮堂設××路××號某處
下午×時行禮×時入席

㈡雙方家長具名請帖二式

次男○○
次女○○承

○○○
○○○先生介紹訂於×月×日×時在某處訂（結）婚敬備菲酌恭候

光臨

○○○
○○○鞠躬

謹詹於中華民國×月×日（星期六）為長男○○
長女○○舉行婚禮敬備喜筵恭候

闔第光臨

○○○
○○○鞠躬

禮堂設於×處×時觀禮

筵席設於×處×時入席

㈢男女本人具名請帖二式：

我 倆 承
○○○先生介紹並徵得雙方家長同意謹訂於國曆×月×日（星期日）舉行婚禮恭請
○○○先生福證略備喜筵敬請
光 臨

○○
○○
○○ 鞠躬

席設：某處 下午×時觀禮入席

我倆志趣相投，雙方同意於×年×月×日×時在×地方法院公證結婚，婚後即往×處旅行，特此敬告
諸親友

○○
○○
○○ 鞠躬

新房設於×路×號略備茶點招待

㈣雙方家長請證婚人帖

×月×日下午×時為次男○○次女○○成婚屆期治酌敬候伏乞
惠臨福證

○○
○○
○○ 鞠躬

禮堂設××處

(五)結婚當事人請證婚人帖

×月×日下午×時行結婚禮居期治酌恭候伏乞 惠臨福證 禮堂設××處　○○○○○○鞠躬

(六)結婚當事人請介紹人帖

前　承 鼎言介紹茲訂於×月×日下午×時行結婚禮居期治酌恭候 惠　臨 禮堂設××處　○○○○○○鞠躬

說明：請證婚人和介紹人，措詞應較為恭敬鄭重，須用紅紙單帖楷寫，又在禮貌上應該另送禮物。

五、喪葬禮帖：

我國喪禮，迄今尚無一定的標準，有的仍然遵照舊禮，有的則採用西俗，各地方的習慣很不一致。但是時不分古今，地不分東西南北，惟一相同的就是子孫對於先人的喪葬都很重視，為了表示哀思，辦得都很隆重。現時的喪葬禮帖大概有報喪、訃聞、告窆等數種。其中以訃聞用得最多。在尚未舉例說明之前，先將喪葬禮帖中的專門術語列表說明如後：

用語	說明
壽終正寢	男喪用。如死於非命（即自殺、他殺、橫禍等）不能用「壽終正寢」，只能用「終」或「卒」。
初終	凡人初終時，其家中男女哭泣盡哀，而後舉屍出之於內堂，卧以靈床，依體設幃。但是幃外暫不設靈位，以便棺殮，且孝子之心，不欲遽以死待其親。
壽終內寢	女喪用。死於非命者也不能用壽終。
成殮	舉屍之前，整理服裝，以綢掩首，死後約經廿四小時而殮，既殮而入棺。喪主等憑棺哭泣，而後蓋棺叫柩。正其位於中堂，設孝子苫塊（草薦）於旁，以為其寢處。
享壽	六十歲以上用享壽，不及六十用「享年」，三十以下用「得年」或「存年」均可。
成服	大殮次日，在服之人各依服制，分別成服（俗謂為死者戴孝）也有在殮前就成服的，只是習俗不同而已。
訃聞	成服之後，多則百日，少則一月，訃告親友叫訃聞。
開弔	依禮出殯之前，凡親友均可隨時往弔，而俗例則必於其間指定一日，以為開弔之日，是日須延人招待，也有略備茶點飲食的。
告窆	古時三月而葬，現在没有一定期間，而先期擇吉地，開塋域，穿壙穴，然後擇定日期卜葬，並定期訃告親友叫告窆。
反服	兒子死，無孫，父親在堂，父親反為兒子之喪持服。
斬衰	子女對父母之喪，服三年。

齊衰	分三等。①對祖父母之喪，服一年，稱「齊衰期」又叫「齊衰不杖期」。②對曾祖父之喪，服五月，稱「齊衰」五月。③對高祖父之喪，服三月，稱「齊衰」三月。
期年	對兄弟及伯叔等之喪。
大功	對出嫁姊妹及堂兄弟等之喪，服九月。
小功	對堂伯叔父母及堂姪等之喪，服五月。
緦麻	對已出嫁之姑母，出嫁之堂姊妹，及族兄弟等之喪，服三月。
五服	斬衰，齊衰、大功、小功、緦麻，稱為五服。
孤子	母親健在死父親叫「孤子」。
哀子	父親健在死母親叫「哀子」。
孤哀子	父母親雙亡。
棘人	父或母喪時，兒子自稱棘人。
孤前未及哀，哀子	繼室之子，嫡母死後，父親已死，現在生身之母死。
奉慈命稱哀，孤哀子	側室之子，父親已死，嫡母健在，現在生身之母死。
生慈侍下，孤哀子	側室之子，生母健在，父親已死，現在嫡母死。

孤前未及哀，孤哀子	第二繼室之子，父及嫡母，第一繼室均已死，現在生身之母死。
繼慈侍下，孤哀子	父母具死而有繼母者。
杖期嫡子	庶母死亡。
本生嚴慈侍下，孤子	出繼而有本生父母，現死承繼父親者。
降服孤哀子	出繼而本生父母死亡。
杖期夫	妻入門後，曾服翁或姑，或太翁太姑之喪，妻死，夫稱杖期夫。
不杖期夫	妻入門前，夫之父母已死，妻未及服喪，妻死，夫稱不杖期夫。又夫之父尚健在，妻死，也可稱不杖期夫。
未亡人	夫死，妻自稱。
承重孫	本身及父俱係嫡長，父先喪，現服祖父母之喪。
期服	即齊衰期年。
功服	即喪服大功小功之通稱。
反服	父母親在堂，兒女死亡，無孫，父母親反為兒女之喪持服。

泣血	今遭三年之喪者稱「泣血」。
抆淚	猶言拭淚。有抆淚，拭淚以示親疏之別。抆淚比拭淚為重。
稽首	叩頭之敬禮。
稽顙	居喪時拜賓客之禮，是額觸地而無容的意思。三年之內皆行稽首禮。
喪居某地	指發訃文者住家地方。
幕設某地	指開弔時所借的地方。
發引	柩輿啓行。引是引布，古也稱為紼。挽柩前進者稱「執紼」，今繫於柩車之前。柩行，引布前導，所以稱「發引」。

現在舉例如下：

㈠報喪條。報喪條是人死後即發的一種報條，是喪家報告親友的一個死信，它必須具備：①死者姓名。②出帖人與死者的稱呼。③死亡日期及地點。④以後殯殮開弔時期。⑤出帖人姓名及敬辭。它有四種格式，如下：

1.

○○○先生於×月×日×時病逝於××醫院即日移靈××殯儀館治喪定於×月×日×午×時
大殮謹此報
聞

○○○先生治喪委員會謹啓

2.

亡兒〇〇於×月×日因公殉職輾轉移靈××殯儀館治喪謹訂於×月×日×時殯殮並舉行火葬特此報

聞

〇〇〇拭淚拜啓

3.

先嚴〇〇公於×月×日×午×時病逝於××醫院即日移靈××殯儀館治喪謹定於×月×日×時大殮並移厝××公墓謹此報

聞

孤子〇〇〇泣告

4.

先夫〇公〇〇積勞罹病醫藥無效於×月×日×午×時逝世即日移靈××殯儀館治喪擇定於×月×日×時大殮隨即移厝×處暫寄卜吉安葬謹此奉

聞

未亡人〇〇〇率子女同叩

㈡訃帖。訃帖是喪事中最通行的一種柬帖，是告知他人一個死信，將在什麼時候開弔受奠用的，它的內容比報喪條更為詳細，除了必須具備報喪的五項之外，還有兩點：①出帖人不只一人，可列較多的人。②殯殮開弔治喪出葬時期等，必須註明，報喪條可以不註明。又簡單的訃聞也有用報喪條來代替的，但是父母之喪，絕對不可以。它有七種格式，如下：

1.

先嚴○公○○慟於中華民國×年×月×日×午×時壽終××醫院距生於民國前×年×月×日×時享壽七十二歲不孝隨侍在側親視含殮遵禮成服即日移靈××殯儀館謹擇於×月×日×時家祭隨即受弔×時發引安葬於××公墓叨屬

學世戚友

誼哀此訃

聞

孤子○○○　泣血稽顙

孫○○　泣稽首

兄○○　抆淚稽首

弟○○　抆淚稽首

姪○○　抆淚稽首

姪孫○○　拭淚稽首

鼎惠懇辭

說明：①學世戚友，聞、鼎惠懇辭一律用紅色。

②孤子用全姓名，其他用名不用姓。

③新式訃帖稱呼上不加服制。舊式訃帖用「期服孫」等。

2.

中華民國公民先室○○○女士慟於中華民國×年×月×日病逝××醫院享年五十二歲○○率
子○○○等隨侍在側即日移靈××殯儀館遵禮成服×月×日火葬謹定於×月×日五七之期在
本市××路×號本宅治喪忝屬

學世戚族

誼謹此訃

聞

○○○率

子 ○○ ○○

女 ○○

媳 ○○ ○○

泣啓

說明：①丈夫出名稱死者為先室，且用全姓名。故下文用丈夫全姓名率子某某等，用名不用姓。
②「五七」指人死後卅五天。世謂人死後五七回家，故用五七之期治喪。
③新式訃帖，出帖人不排高低，敬辭統一用「泣啓」。
④首稱「中華民國公民」，旨在表明基本身分。

3.

長男○○悼於中華民國×年×月×日×時病逝××醫院距生於民國×年×月×日×時存年二十九歲即日殯殮並命孫○○等遵例成服卑幼之喪不敢盡禮忝屬

學世姻族

誼特此奉

聞

謹擇於×月×日×時家奠

○○○

拭淚稽首

孤子

○○
○○

泣血稽顙

兄

○○

弟

○○

抆淚稽首

說明：①本式係男死父出名之訃帖。因死者年齡較輕，且係父親出名，故不用「慟於」而用「悼於」。不用「哀此訃聞」而用「特此奉聞」。

②卑幼之喪不敢盡禮，故本文中不用「治喪」、「受弔」等詞，只在訃聞後註明「謹擇於×月×日×時家奠」。

4.

先父○公○○於中華民國×年×月×日辭世享壽六十一歲即日移靈××殯儀館親視含殮並
舉行火葬茲定於×月×日×時假××寺誦經祭奠敬此訃
聞

女○○○
婿○○○
率子女泣告

5.

○○○先生因病於×月×日×時逝世當日移靈××殯儀館並於是日×時大殮茲定於×月×日
×時至×時舉行公祭另行擇期安葬謹此訃
聞

○○○先生治喪委員會謹啓

6.

亡友○○○先生一生孤寒，盡瘁教育，不幸於×月×日積勞病逝，享壽八十歲。茲定於×月
×日×時設奠同時卜葬××公墓。○○○等誼同手足，謹此訃告，伏乞　垂憐。倘荷惠賜賻
儀，請　賜現金，當彙存××銀行，作為○○○先生清寒教育獎助金，嘉惠後學，以竟遺
志。幸希
垂察！如荷同意，賻金請交××銀行×號帳戶

○○○先生治喪會代表
○○○
○○○
○○○
謹啓

7.

中華民國五十一年二月廿四日下午七時十分先夫適之先生，在南港中央研究院蔡元培館舉行歡迎院士酒會的時候，因心臟病復發，不幸去世，現定於三月二日下午二點半鐘在台北市極樂殯儀館大殮，即日發引，謹哀告諸位親友。

胡江冬秀和長子祖望次子思杜長媳曾淑昭、孫復

㈢告窆。告窆就是報告死者棺柩定期下葬的柬帖，古代禮制，死者的安葬有一定期日，今人多另定安葬之期，故須以告窆通知親友。至於火葬在祭奠後即刻焚化，當然不用告窆了。它必須將死者姓名擬於何日下葬何地及出帖人姓名等寫明。如：

先嚴○○公遺櫬筮於中華民國×年×月×日×時安葬於××鄉××山麓墓地謹以告窆上

聞

治喪子○○○稽顙

說明：①因係出殯安葬，故用「謹以告窆上聞」。

②因已過三年守孝時期，故稱「治喪子」，不稱「孤子」。用「稽顙」，不用「泣血稽顙」。

自我評量：

1. 什麼叫做柬帖？其功用如何？可以分為那幾類？
2. 寫作柬帖要注意那些事項？
3. 解釋下列各名詞並說明其用法。
(1)桃觴 (2)享壽 (3)反服 (4)奠儀 (5)壽終正寢
4. 送禮帖要寫明那些項目？
5. 試代擬下列各柬帖：
(1)結婚柬帖，由雙方父母出名。
(2)結婚柬帖，由男女自己出名。
(3)父喪用訃帖。
(4)學校科學館落成請觀禮帖。
(5)三叔公八秩晉一華誕祝壽禮單。
(6)為父親祝壽謝帖——禮物全收。

第七章 會議文書

第一節 會議的意義和功用

國父在民權初步的自序中說：「民權何由而發達？則從固結人心，糾合群力始。而欲固結人心，糾合群力，又非以集會不為功。是集會者，實為民權發達之第一步。」又在書中第一節中，開宗明義說：「凡研究事理而為之解決，一人謂之獨思，二人謂之對話，三人以上而循有一定規則者，則謂之會議。無論其為國會立法，鄉黨修睦，學社講文，工商籌業，與夫一切臨時聚眾，徵求群策，糾合群力，以應付非常之事者，皆其類也。」在現行的會議規範中第一條，也為會議下了一個明確的定義：「三人以上，循一定之規則，集思廣益，研究事理，尋求多數意見，達成決議，解決問題，以收群策群力之效者，謂之會議。」由上所引，我們便可以知道會議的重要性了。它不但是政治活動所必須，而且是現代國民生活所不可少的一項活動。因為現在是民主時代，而民主政治的基本原則就是各抒己見，在討論表決之後，要求少數服從多數，多數尊重少數。這種民主精神的實現，當然是要靠會議來完成了。因此，從事政治活動的人和軍公教人員，他們要時常開會，這是理所當然的。而一般農工商等各界的人士，他們有的是職務上的需要，有的是權益上的關係，或是參與社團活動，或是參加學術研究，也都要開會，甚至於學生們的週會、班會等等也都是會議。所以在現代的日常生活中，人人都有出席會議，召集會議或主持會議的機會。

會議與我們的日常生活有這麼密切的關係，那麼它的文書如何？程式如何？自然也是我們應該研究的一部分。

第二節　會議的方法和會議文書的範圍

召開會議要明白開會的方法，才不會浪費時間和精力。關於集會的方法　國父在民權初步中有下列四項指示：

一、**召集**。不論什麼會議，事先都要經過召集。臨時集會由發起人召集。將要成立永久性的團體，由籌備會召集；永久性團體成立之後，舉行常會或臨時會，便由團體的負責人召集，召集時須發出通知。

二、**出席人數**。臨時集會，不管到會的人有多少，時間一到就可以開會，不會發生出席人數問題。永久性的團體，一定要達到法定的人數才可以開會。如果出席人數達不到法定的人數，便要宣佈流會，另行訂期召開。又開會中如果會員逐漸離席，雖然剩下的不夠法定人數，只要沒有人提出缺額問題，會議仍然可以繼續進行；但是一有人提出缺額時，會議便應馬上中止，清查在場人數。要是確實不到法定人數時，就應宣佈散會。

三、**會議程序**。到會人數達到法定人數後，時間一到，便可以由主席宣佈開會，並依照會議程序逐步進行。一般會議的程序如下：

㈠報告到會人數。
㈡宣布開會。
㈢宣讀上次會議紀錄。
㈣報　告。
㈤討論提案。
㈥臨時動議。
㈦散　會。

四、議事。議事是指討論提案而言，是開會的目的所在，最應留意。議事的過程可以分為三個階段：

㈠**提議**。提議就是動議，凡是事先請求列入議程的動機，多用書面於會前指定時間內提出，還須要有人連署。臨時動議多用口頭提出，也須有人附議。

㈡**討論**。動議成立了，經主席轉述後，與會人士分別發表意見，說明贊成或反對的理由。

㈢**表決**。動議討論完畢後，便由主席提付表決。

集會的方法是每一個現代國民所應具備的基本常識之一，它對寫作會議文書有很大的幫助。至於會議文書範圍，大概說起來，包括：1.開會通知。2.議事日程。3.開會秩序。4.會議紀錄。5.報告文件。6.提案。7.討論題綱。8.選票等八種。現在分別說明如下：

1.開會通知。開會通知有兩種方式：一是個別的書面通知——就是把開會通知分別送給各出席人。二是公告——就是以揭示方式或刊登在報紙上，以便出席人週知。不管方式如何，其內容都必須包括：

①集會時間——說明月日及時間。

②集會地點——詳細寫明地點。
③集會性質——說明是何種性質的會議。
④參加者注意事項——說明應攜帶出席證明文件或參考資料等。
⑤被召集者——寫明被召集者之姓名身分。
⑥召集者——寫明召集者之姓名身分或召集機關之名稱，並加蓋印章。
⑦註明發出公告或通知的日期。
⑧其他——如有提案請於○月○日前交至○處○人。如有附件，則須寫明文件名稱及件數。

2.議事日程。議事日程簡稱議程，也叫會議程序，是在開會之前，會議準備人員根據本次會議的實際需要，預為編訂的會議進行程序，並以書面印發各出席人。依據會議規範第八條規定，議事日程應包括下列五項：①報告出席人數，並宣布開會。②報告事項。③選舉。④討論事項。⑤散會。

3.開會秩序。開會秩序也是開會預先安排的程序，用大幅紙張書寫，張貼在會場前面。它多半是用在紀念會，慶祝會，成立會或某種大會的開幕典禮。

4.會議紀錄。會議紀錄又叫議事紀錄，是由紀錄人員將會議經過情形，予以筆錄的文書。會議紀錄多備有紀錄簿，其內容包括：①會議名稱及次數——寫明什麼會第幾次會議紀錄。②時間——寫明開會的年月日時。③地點——寫明開會的場所。④出席人——由出席人在紀錄簿上簽名。如另有簽到簿，便要註明「見簽到簿」字樣。⑤列席人簽名處理——形式與出席人相同。⑥主席——寫明主席姓名。如有主席團，便須另立一項，將主席團人名全部列上。⑦紀錄——寫明負責紀錄者的姓名。⑧請假人姓名。⑨儀式——寫明開會儀式。通常寫「行禮如儀」四字。如不舉行儀式，便可省略。⑩報告事項——寫下所有在會中報告的事項。⑪討論事項——應依照議程逐案紀錄，每案都要寫明「案由」和「決議辦法」。⑫散會——寫明散會時間。⑬主席應在紀錄後面簽名，表示負責。

5.報告文件。開會時，有關工作的報告，專案的報告，除用口頭報告外，並應用書面印好分發，使開會的人對報告內容更為明瞭。

6.提案。提案是以書面提出的動議，應該有其理由、目的及實行的方法。它的內容應該具備①案由。②理由說明。③辦法。④提案人。⑤附署人。

7.討論題綱。會議進行中，或有某一專題之討論，或將與會人員分成若干小組，每一小組討論一個中心議題。如此，都要事先訂製討論大綱，俾使與會人員有所遵循。

8.選票。選票有圈選法和書寫法之分，更有記名投票與無記票投票之別。它應於會議前預為製好備用。一般的選票應寫明：①選舉的名稱。②候選人姓名及編號。③選舉年月日。④選舉團體或主辦選務機關蓋章。

第三節　會議文書實例

前面說過，會議文書包括八種，除報告事項外，舉例說明如下：

一、開會通知

1.書函式

茲定於×月×日上午九時，在某處召開本會第×居第×次理事會議，討論下年度會務推行計劃等要案，敬希　準時出席　列席為荷！如有提案，請於×月×日前以書面送交本會祕書處，以便彙印。此致

王　理　事○○

附議事日程乙份

理事長○　○　○

×月×日

2.表格式

內政部開會通知

受文者	司法行政部
發文	日期　中華民國×年×月×日 字號　○○字第○○○○○號
會議名稱	著作權修正草案審查委員會第一次會議
開會時間	×年×月×日上午×時
開會地點	本部會議室
重要議題	審查著作權法修正草案
請出席人準備事項	請攜帶附件修正草案說明及條文對照表
附件	著作權法修正草案說明及條文對照表一份
參加機關或人員	司法行政部，台灣省新聞處……
指定出席人員	

3.公告式

○○市○○同鄉會通告

本會第×屆理監事任期屆滿，訂於×月×日星期日下午三時假×路×號×處召開第×屆會員大會改選理監事，敬希各會員屆時撥冗出席為荷。

理事長○　○　○

二、議事日程

××會第×次會議議事日程

一、主席報告出席人數，並宣布開會。

二、報告事項：

1.宣讀上次會議紀錄。

2.報告上次會議決議案執行情形。

3.委員會及委員報告。

4.其他報告。

三、選舉。

四、討論事項：

1.前會遺漏之事項

①……
②……
2.本次會議預定討論之事項：
①……
②……
五、臨時動議。
六、散會。

說明：這是一般會議議事日程的通常格式。由於各種會議的性質不同，其程序無法求得一致，讀者可按會議的性質，斟酌實情刪增應用。

三、開會程序

〇〇〇開會程序
一、大會開始。
二、全體肅立。
三、唱國歌。
四、向國旗及　國父遺像行三鞠躬禮。
五、主席恭讀　國父遺囑。
六、主席致開會辭。

七、長官致辭。
八、報告。
九、選舉。
十、討論。
十一、散會。

四、會議記錄

第一屆立法院第○○會期第○○次會議議事錄

時　間：中華民國○○年○月○日上午九時至十一時五十分下午三時至六時
地　點：臺北市中山南路本院交誼廳
出席委員：○○○人
請假委員：○○人
缺席委員：○○人
主　席：○○○。
祕書長：○○○。
紀　錄：祕書處長　○○○
　　　　祕書○○○　○○○
　　　　議案科長○○○

速記長 ○○○

報告事項

一、宣讀本院第○會期第○○次會議議事錄。

二、監察院函送決算法第二十四條，第二十六條，第三十條及第三十四條修正條文草案請審議見覆，並於審議時，通知本院推派人員列席說明案。

三、行政院函據教育部呈覆○○年中央政府追加預算歲出審查報告所列有關該部辦理事項一案請查照案。

決議：本案交預算委員會

討論事項

一、本院經濟委員會報告審查行政院函請審議中國石油公司與美國美孚莫比及聯合化學兩公司所簽訂共同投資設立尿素廠之合作契約案。

決議：本案俟下次會議繼續討論

表決方法：口頭表決

表決人數：全體無異議

散會 下午六時

主席 ○○○

紀錄 ○○○

五、提案

1.條舉式

○○鎮農會理事會第○居第○次會議提案

案由：為獎勵本會會員子女勤勉向學，擬設置優秀學生獎學金乙種，提請審議案。

說明：本鎮農村子弟向極勤奮，學業成績優秀者頗多，惟因家境貧困，部分優秀學生無法接受高深教育，實為國家之損失，故擬設置優秀學生獎學金乙種，以會員子弟為對象，以資激勵。

辦法：

一、獎學金分高中（含高職）、大專（含大學、三專、五專）兩種，各以三十名為限。

二、凡學業平均成績八十五分以上，操行成績列甲等者均可提出申請；高中獎學金每學期每名二千元，大專獎學金每學期每名五千元。

三、所需經費列入年度支出預算，提請會員代表大會通過。

四、審查辦法：推定本會理事會理事六人、監事三人及總幹事共十人組織審查小組負責審查，并由總幹事擔任召集人。

提案人：○○○

附署人：○○○ ○○○ ○○○

決議：

2.表格式

（全銜）××會議提案

編號		類別		提案人 ○ ○ ○ 印	附署人 ○○ ○○ ○○ 印
案由					
理由（說明）					
辦法					
審查意見					
決議			備考		

六、討論題綱：

1.專題討論題綱：

題目：怎樣發揚民主政治的精神？

①民主政治的意義何在？

②民主政治有何特質？
③民主政治的本質為何？
④民主政治與極權政治有何不同？
⑤國父的民權主義是何種民主政治？
⑥怎樣發揚民主政治的精神？
a.原則方面如何？　b.方法方面如何？
⑦中學生應怎樣培養民主風度？
a.思想方面應如何？　b.行為方面應如何？
⑧民主政治的價值何在？
⑨如何實現理想的民主政治？

2.分組討論提要：

題目：地方自治與輔選：
①政黨與民主政治之關係。
②政黨提名之得失。
③在各地方自治選舉中如何獲致勝利？
④如何改善目前選舉的不良風氣？

七、選舉票

1.無記名圈選法選舉票

〇〇〇選舉票

圈選	候選人
	1.〇〇〇
	2.〇〇〇
	3.〇〇〇

〇〇〇選舉事務所印製

中華民國 印 年　月　日

2.無記名書寫法選舉票

〇〇〇選舉票

候選人

〇〇〇選舉事務所印製

中華民國 蓋印 年　月　日

3. 記名圈選法選舉票

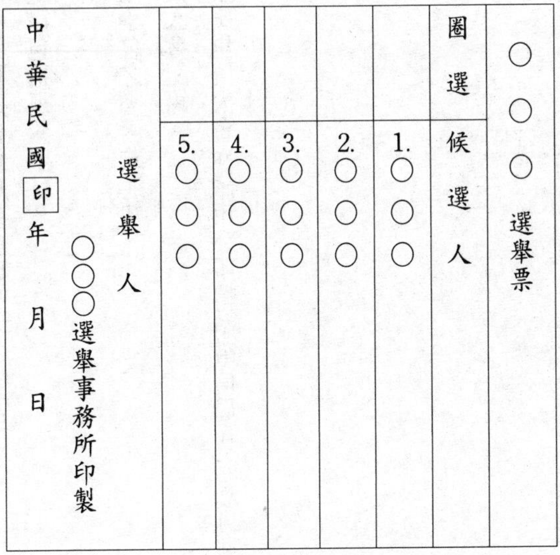

〇〇〇選舉票
圈選候選人
1. 〇〇〇
2. 〇〇〇
3. 〇〇〇
4. 〇〇〇
5. 〇〇〇
選舉人
〇〇〇選舉事務所印製
中華民國 印 年 月 日

4. 記名書寫法選舉票

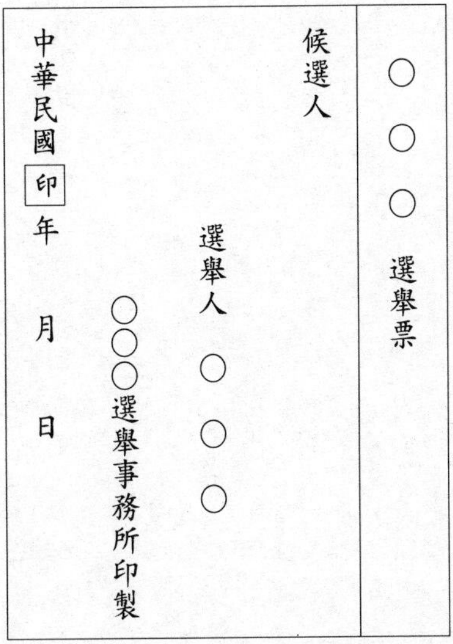

〇〇〇選舉票
候選人
選舉人 〇〇〇
〇〇〇選舉事務所印製
中華民國 印 年 月 日

說明：①選舉方式有兩種：a.舉手選舉
b.投票選舉——比較慎重
②投票選舉又有圈選法和書寫法之別，更有記名與無記名之分。
③選舉票應由主辦單位印製並蓋章，以防偽造。
④同時進行多項選舉時可將選票印成不同的顏色。

自我評量：

1. 什麼叫作會議？它的功用如何？
2. 會議文件的範圍包括那些項目？請分別說明。
3. 一般的會議程序包括那些項目？
4. 會議紀錄包括那些項目？
5. 請習作：
   (1) 開同學會之書函式通知。
   (2) 里民大會紀錄。
   (3) 提案：里民大會建議市公所轉請電信局在大廟口裝設公共電話。

第八章　公文

第一節　公文和公文程式的意義

公文是政府機關推行公務，溝通意見的重要工具，在現行「公文程式條例」中第一條說：「稱公文者，謂處理公務之文書……」，由此可知，公文的使命就是處理公務，它必須具備下列兩個要件：

一、公文是有關公務的文書。文書有公文書和私文書之分。所謂私文書就是僅由私人撰述，不是為處理公務而作，也與公務無關的文書。如私人的書信，著作等是。公文則是處理公務的文書。這是公文應該具備的第一要件。

二、公文的發收雙方，至少有一方是機關。機關與機關之間為了處理公務而往返的文書，這發收文書雙方都是機關，當然是公文。而機關為了處理公務與人民往來的文書，這種文書的發收雙方，至少也有一方是機關，也與公務有關，也是公文。這是公文應該具備的第二條件。所謂機關是包括官署及非官署性質的機關，如民意機關或營業機構等。

公文程式就是指處理公文時所應具有的一定程序和格式。因為公文是處理公務的文書，也就是說機關與機關，或是機關與人民間發生了公務上的關係時，就要靠公文來表達意思，溝通意見。因此，就公文的形態來說，它的類別、用語、和格式等，都要有一定的準繩作為大家共同遵守的依據才行。不然的話，大小各異，裝訂困難，用語不一，五花八門，弄得人人不知所從。

就公文的程序說，如：對　總統有所呈請或報告時用「呈」、各機關處理公務一律用「函」，機關對於人民或人民對於機關也用「函」，以及公文除了應分行者外，並可以副本抄送有關機關或人民，這些都是屬於公文的程序範圍。

就公文的格式來說，如機關公文由機關長官署名，蓋章，或蓋機關印信，並記明年月日時以及發文字號，公文得分段敘述冠以數字，以及公文文字應加標點符號等，都是公文的格式範圍。

第二節　現行公文程式條例

我國的公文程式，隨朝代改變；民國建立以後，行政措施日趨制度化。民國十七年國民政府制定公布了〈公文程式條例〉，並陸續於四十一年、六十一年、六十二年、八十二年修正為十四條，便是現行的公文程式條例。

公文程式條例

中華民國十七年十一月十五日國民政府制定公布
中華民國四十一年十一月二十一日總統修正公布全文十條
中華民國六十一年一月二十五日總統修正公布全文十四條
中華民國六十二年十一月三日總統修正公布第二條、第三條條文
中華民國八十二年二月三日總統修正公布第二條、第三條條文；並增訂第十二條之一條文。

第一條　稱公文者，謂處理公務之文書；其程式，除法律別有規定外，依本條例之規定辦理。

第二條　公文程式之類別如左：

一、令：公布法律、任免、獎懲官員，總統、軍事機關、部隊發布命令時用之。

二、呈：對總統有所呈請或報告時用之。

三、咨：總統與立法院、監察院公文往復時用之。

四、函：各機關間公文往復，或人民與機關間之申請與答覆時用之。

五、公告：對公眾有所宣布時用之。

六、其他公文。

前項各款之公文，必要時得以電報、電報交換、電傳文件、傳真或其他電子文件行之。（附錄一、二）

第三條　機關公文，視其性質，分別依照左列各款，蓋用印信或簽署：

一、蓋用機關印信，並由機關首長署名，蓋職章或蓋簽字章。

二、不蓋用機關印信，僅由機關首長署名，蓋職章或蓋簽字章。

三、僅蓋用機關印信。

機關公文依法應副署者，由副署人副署之。

機關內部單位處理公務，基於授權對外行文時，由該單位主管署名，蓋職章，其效力與蓋用該機關印信之公文同。

機關公文蓋用印信或簽署及授權辦法，除總統府及五院自行訂定外，由各機關依其實際業務自行擬訂，函請上級機關核定之。

第　四　條　機關公文以電報、電報交換、電傳文件或其他電子文件行之者，得不蓋用印信或簽署。

機關首長出缺由代理人代理首長職務時，其機關公文應由首長署名者，由代理人署名。機關首長因故不能視事，由代理人代行首長職務時，其機關公文，除署首長姓名註明不能視事事由外，應由代行人附署職銜、姓名於後，並加註代行二字。

第　五　條　人民之申請函，應署名、蓋章，並註明性別、年齡、職業及住址。

第　六　條　公文應記明國曆年、月、日。

機關公文，應記明發文字號。

第　七　條　公文得分段敘述，冠以數字，除會計報表、各種圖表或附件譯文，得採由左而由右之橫行格式外，應用由右而左直行格式。

第　八　條　公文文字應簡淺明確，並加具標點符號。

第　九　條　公文，除應分行者外，並得以副本抄送有關機關或人民；收受副本者，應視副本之內容為適當之處理。

第　十　條　公文之附屬文件為附件，附件在二種以上時，應冠以數字。

第十一條　公文在二頁以上時，應於騎縫處加蓋章戳。

第十二條　應保守祕密之公文，其製作、傳遞、保管，均應以密件處理之。

第十二條之一　機關公文以電報交換、電傳文件、傳真或其他電子文件行之者，其製作、防偽及保密辦法，由行政院訂定之。但各機關另有規定者，從其規定。

第十三條　機關致送人民之公文，得準用民事訴訟法有關送達之規定。

第十四條　本條例自公布日施行。

按〈公文程式條例〉八十二年二月三日，經總統修正公布，其修正部分：

一、第二條第二項修正為：「前項各款之公文，必要時以電報、電報交換、電傳文件、傳真或其他電子文件行之」。

二、第三條增列第五項：「機關公文以電報、電報交換、電傳文件或其他電子文件行之者，得不蓋用印信或簽署」。

三、新增第十二條之一：「機關公文以電報交換、電傳文件、傳真或其他電子文件行之者其製作、防偽及保密辦法，由行政院訂定之。但各機關另有規定者，從其規定」。

右列〈公文程式條例〉，雖僅十四條條文，但已把處理公文的相關要項規定得相當明確。大致說來，其優點有五：㈠各機關間公文往復一律用「函」，具體表現了高度民主平等的精神。㈡增列「其他公文」，使現行法定名稱以外的各種公文，取得法律上的依據。㈢三段式的公文結構，可靈活運用，眉目清晰。㈣「簡、淺、明、確」的文字要求，使公文得以擺脫俗套，充分溝通意見。㈤利用「公務電話紀錄」方式處理公文，減少不必要的行文程序及次數；近又儘量以表格化及電子傳真的方式處理之，大大提高了行政效率。

【附錄一】機關公文傳眞作業辦法

行政院中華民國八十二年四月七日
台八十二祕八六四一號令訂定發布

第一條 本辦法依公文程式條例第十二條之一訂定之。

第二條 機關公文傳真作業，除法律另有規定外，依本辦法之規定。但總統府及立法、司法、考試、監察四院另有規定者，從其規定。
本辦法之規定，於公營事業機構及公立學校適用之。

第三條 本辦法所稱傳真，係指送方將文件資料，以電話等通訊設備，透過電信網路傳輸，受方於其通訊設備上，即可收受該文件資料影印本之傳達方式。

第四條 各機關應指定單位或指派適當人員，負責辦理公文傳真作業。

第五條 傳真之公文，以公文程式條例第二條第一項第四款及第六款所定之公文為限。但左列公文，非經核准不得傳真：
一、機密性公文。
二、受文者為人民、法人或非法人團體之公文。
三、附件為大宗文卷、書籍、照（圖）片，或超過八開以上圖表之公文。
四、其他因傳真可能影響正確性之公文。

第六條 各機關對於內容涉及重要事項，須迅予處理之公文，得以先行傳真，事後應即補送原件之方式處理，並於文面註明。

第七條　承辦人員對於擬傳真之公文，應於公文原稿適當位置註明；並依規定程序陳核、繕校、蓋用印信或簽署及編號登記後始得傳真。

第八條　公文傳真應以原件為之；如係影印本，應經核准，其附件亦同。

第九條　公文傳真作業發文程序如左：

一、登錄傳真公文登記表（簿），記載受文者、發文字號、案由、傳送日期、時間、頁數及承辦單位（人員）等。

二、加蓋傳真作業辦理人員名章，於公文末頁適當位置。

三、撥通受方傳真電話，確認接收者身分後，開始傳真。

四、傳真再通話對照傳真頁數無誤，文面加蓋傳真文件戳，附原稿歸檔。

第十條　受文單位傳真作業辦理人員收到傳真公文時，應於文面加蓋機關全銜之傳真收文章，註明頁數及加蓋騎縫章，並按收文程序辦理。

前項傳真公文，如有頁數不全或其他有關問題，傳真作業辦理人員應通知發文單位補正。

第十一條　各機關收受傳真公文用紙之質料及規格，均應照規定標準使用。

第十二條　各機關因處理傳真公文需要之章戳，得自行刻用之。

第十三條　各機關為配合實際業務需要，得依本辦法及有關規定，訂定公文傳真作業要點。

第十四條　傳真公文之保管、保密及其他未盡事宜，依事務管理規則及其手冊等有關規定辦理。

第十五條　本辦法自發布日施行。

【附錄二】機關公文電子交換作業辦法

行政院中華民國八十三年六月三日
八十三台院祕字第一九九三號令訂定發布

第一條 本辦法依公文程式條例第十二條之一訂定之。

第二條 機關公文電子交換作業，依本辦法之規定。但總統府及立法、司法、考試、監察四院另有規定者，從其規定。

第三條 本辦法所稱電子交換，係指將文件資料透過電腦系統及電信網路，予以傳遞收受者。

第四條 各機關對於適合電子交換之機關公文，於設備、人員能配合時，應以電子交換行之。

第五條 機關公文以電子交換行之者，得不蓋用印信或簽署。

第六條 各機關應由文書單位負責辦理機關公文電子交換作業。

第七條 機關公文電子交換作業發文處理應注意事項如左：

一、公文於電子交換前應列印全文，並校對無誤後做為抄件。

二、發文作業人員應輸入識別碼、通行碼或其他識別方式，於電腦系統確認相符後，始可進行發文作業。

三、檢視電腦系統已發送之訊息。

四、行文單位兼有電子交換及非電子交換者，應列印其清單，以資識別。

五、電子交換後應於公文原稿加蓋「已電子交換」戳記，並將抄件併同原稿退件或歸檔。

六、透過電子交換之公文，至遲應於次日在電腦系統檢視發送結果，並為必要之處理。發文機關得視需要將所傳遞公文及發送紀錄予以存證。

第一項第五款之章戳，由各機關自行刊刻。

第八條 機關公文電子交換作業收支處理應注意事項如左：

一、收文作業人員應輸入識別碼、通行碼或其他識別方式，於電腦系統確認相符後，即時或定時進行收文作業。

二、列印收受之公文，同時由收文方之電腦系統加印頁碼及騎縫標識，並按收文處理作業程序辦理。

三、來文誤送或疏漏者，通知原發文機關另為處理。

第九條 機關公文電子交換之收、發文程序，各機關得視需要增加其他安全管制措施。

第十條 機關公文電子交換之管理事項，由行政院指定機關辦理。

第十一條 各機關辦理機關公文電子交換事宜，其電腦化作業應依行政院訂頒之相關規定行之。

第十二條 各機關為配合實際業務需要，得依本辦法及有關規定，自行訂定機關公文電子交換作業要點。

第十三條 受文者為人民之機關公文，以電子交換行之者，得不適用第六條至第八條之規定，由各機關依其業務需要另定之。

第十四條 本辦法之規定，於公營事業機構及公立學校準用之。

第十五條 本辦法自發布日施行。

第三節 現行公文的類別說明

公文分為「令」、「呈」、「咨」、「函」、「公告」、及「其他公文」六種，其用法如下：

一、令：公布行政規章，發表人事任免、調遷、獎懲、考績時使用。

二、呈：對 總統有所呈請或報告時使用。

三、咨： 總統與立法院、監察院公文往復時使用。（行政機關不適用）

四、函：各機關處理公務一律用函行文：

1.上級機關對所屬下級機關有所指示、交辦、批復時。

2.下級機關對上級機關有所請求或報告時。

3.同級機關或不相隸屬機關間行文時。

4.民眾與機關間的申請與答覆時。

五、公告：各機關就主管業務，向公眾或特定的對象宣佈週知時使用。

發佈方式：得張貼於機關的佈告欄，或利用報刊等大眾傳播工具廣為宣布。

六、其他公文：

1.書函：

①於公務未決階段需要磋商、陳述及徵詢意見，協調或通報時使用。

②代替過去的便函、備忘錄，及下級機關首長對上級機關首長的簽呈。

2.表格化的公文：

①簡便行文表：答覆簡單案情，案送普通文件、書刊，或為一般聯繫，查詢等事項行文時使用。
②開會通知單：召集會議時使用。
③公務電話紀錄：凡公務上聯繫、洽詢、通知等可以電話簡單正確說明的事項，經通話後，發話人如認有必要，可將通話紀錄複寫兩份，以一份送達受話人，雙方附卷，以供查考。
④其他可用表格處理的公文。

第四節　現行公文的結構及作法

一、公布令及人事命令

甲、公布令

㈠公布行政規章的令文可不分段，敘述時動詞一律在前，例如：
1. 訂定「○○○實施細則」。
2. 修正「○○○辦法」第○條條文。
3. 廢止「○○○辦法」。

㈡多種規章同時公布，可併入同一令內，並可採用表格式。
㈢公布令的公布方式：以公文分行，或登載於各級政府公報，由各機關自行規定。

乙、人事命令

㈠人事命令分：任免、調遷、獎懲、考績。

㈡人事命令可由人事單位訂定固定的表格發表。

二、函

㈠行政機關的一般公文以「函」為主，製作要領如下：

1.文字敘述應儘量使用明白曉暢，詞意清晰的語體文，以達到公文程式條例第八條所規定「簡、淺、明、確」的要求。

2.文句應正確使用標點符號。

3.文內不可層層套敘來文，祇摘述要點。

4.應絕對避免使用艱深費解，無意義或模稜兩可的詞句。

5.應採用語氣肯定，用詞堅定，互相尊重的語詞。

6.函的結構，一律採用「主旨」、「説明」、「辦法」三段式，案情簡單的函，儘量用「主旨」一段完成，能用一段完成的，勿硬性分割為二段、三段；「説明」、「辦法」兩段段名，均可因事、因案加以活用。

㈡公文分段要領：

1.主旨：為全文精要，以説明行文目的與期望，應力求具體扼要。

2.説明：當案情必須就事實、來源或理由，作較詳細的敘述，無法於「主旨」內容納時，用本段説明。本段段名，因公文內容改用「經過」、「原因」等其他名稱更恰當時，可由各機關自行規定。

3.辦法：向受文者提出的具體要求無法在「主旨」內簡述時，用本段列舉。本段段名，可因公文內容改用「建議」、「請求」、「擬辦」等更適當的名稱。

4.各段規格：

①每段均標明段名，段名之上不冠數字，段名之下加冒號「：」。

②主旨一段不分項，文字緊接段名書寫。

②說明、辦法，如無項次，文字就緊接段名書寫，如分項條例，便應另行書寫。

④.說明、辦法，分項條列，若內容過於繁雜時，應審酌錄為附件。

三、公告

㈠公告一律使用通俗、簡淺易懂的語體文製作，絕對避免使用艱深費解的詞彙。

㈡公告文字必須加註標點符號。

㈢公告內容應簡明扼要，非必要的或與公告對象的權利義務無直接關係的話不說；各機關來文日期、文號，不要在公告內層層套用；會商研議的過程也不必在公告內敘述。

㈣公告的結構分為「主旨」、「依據」、「公告事項」（或說明）三段，段名之上不冠數字，分段應加以活用，可用「主旨」一段完成的，不必勉強湊成兩段、三段，可用表格處理的儘量利用表格。

㈤公告分段要領：

1.主旨：用三言兩語勾出全文精義，使人一目了然公告目的和要求。「主旨」的文字緊接段名冒號之下書寫。

2.依據：將公告事件的來龍去脈作一交代，但也只要說出某一法規和有關條文的名稱，或某某機關的來函即可。除非必要，不敘來文日期、字號。依據有兩項以上時，每項應冠數字，並分項條列，另行低格書寫。

3.公告事項（或說明）是公告的主要內容，必須分項條列，冠以數字，另行低格書寫，使層次分明，清晰醒目。倘公告事項內容祇就「主旨」補充說明事實經過或理由時，可改用「說明」為段名。公告如另有附件、附表、簡章、簡則等文件時，祇須提到參閱「某某文件」，公告事項內容不必重複敘述。

㈥凡登報的公告，可用較大字體簡明標示公告的目的，免署機關首長職稱、姓名。

㈦一般工程招標或標購物品等公告，儘量用表格處理，免用三段式。

㈧凡在機關佈告欄張貼的公告，必須蓋用機關印信，可在公告兩字下闢出空白地位蓋印，以免字跡模糊不清。

四、其他公文

㈠書函：

1.書函的文字用語比照「函」的規定。

2.書函的首行一律標明「受文者」字樣，受文者的職銜姓名緊接書寫。

3.書函的結構採三段式或條列式，由各機關自行規定。

4.書函的發文者在正文之後具名蓋章。

㈡表格式公文：表格式公文可依實際需要預印為固定格式填辦。格式由各機關自行訂定。

至於其他特殊的文書，如僑委會與海外僑胞、僑團間的行文等，都因時、因地、因事制宜，在簡化的原則下自行訂定程式實施。

第五節 現行公文用語和標點符號

一、現行公文用語表

類別	稱謂	
用語	直接稱謂	發文者自稱
上行文	(1)鈞 （有隸屬關係之下級機關對上級機關用之。如：鈞院、鈞署。） (2)大 （對無隸屬關係之上級機關用之。如：大院、大部。） (3)鈞長、鈞座 （屬員對長官或有隸屬關係之下級機關首長對上級機關首長用之。） ☆書寫前述稱謂時，均應挪抬（空一格），以示尊敬。	本 （對有隸屬關係之上級機關及無隸屬關係之上級機關自稱均適用之。如：單位自稱為本校、本縣；首長自稱為本校長、本縣長。）
	直接稱受文者	發文者自稱
平行文	(1)貴 （對無隸屬關係之平行機關或人民團體用之。如貴局、貴團、貴公司等。） (2)台端、先生、女士、君 （機關對人民的稱謂。） ☆書寫前述稱謂時，應挪抬（空一格），以示禮敬。	(1)本 （對平行單位或人民、團體自稱用，方式如上行文所示。） (2)本人、名字 （人民對機關自稱時用。）
	直接稱受文者	發文者自稱
下行文	(1)貴 （上級機關對下級機關用之——無論有無隸屬關係。） (2)貴 （上級機關首長對下級機關首長用之。） (3)台端 （機關或首長對屬員的稱謂語。） ☆書寫前述稱謂時，不必挪抬。	本 （對下級機關自稱用，方式如上行文所示。）

語
間接稱謂
(1)對機關、團體稱「全銜」或「簡銜」，如文中一再提及，必要時得稱「該」。如：「該局」、「該院」等。 (2)對屬下則稱其「職稱」。如：「該組員」、「該股長」等。 (3)對個人一律稱「先生」、「女士」或「君」。如：「王先生」、「趙小姐」、「李君」等。

引述語
(1)奉（引述上級來文用，通常用於句子的前端，儘量少用。） (2)奉悉（引述上級來文結束時用。） (3)依據（引述上級來文用，通常用於句子的前端。） (4)復……函（復文時用。虛線中填寫來文機關、發文日期、字號與文號。如：復鈞部八十八年四月十日(88)高字第〇〇五八號函。） (5)……諒蒙　鈞察（對上級機關發文後，又去函續事時用。虛線中填入發文單位自稱、發文日期、字號與文別。如：本校八十八年二月九日(88)教字第〇〇九一號函諒蒙　鈞察。）
(1)准（引述同級來文用，通常用於句子的前端，儘量少用。） (2)敬悉（引述同級來文結束時用。） (3)依據（引述同級來文用，通常用於句子的前端。） (4)復……函（復文時用。虛線中填寫來文機關、發文日期、字號與文號。如：復貴部八十八年四月十日(88)高字第〇〇五八號函。） (5)……諒達或計達（對同級機關發文後，又去函續事時用。虛線中填入發文單位自稱、發文日期、字號與文別。如：本校八十八年二月九日(88)教字第〇〇九一號函計達。）
(1)據（引述下級來文用，通常用於句子的前端，儘量少用。） (2)已悉（引述下級來文結束時用。） (3)復……函（復文時用。虛線中填寫來文機關、發文日期、字號與文號。如：復貴部八十八年四月十日(88)高字第〇〇五八號函。） (4)……諒達或計達（對下級機關發文後，又去函續事時用。虛線中填入發文單位自稱、發文日期、字號與文別。如：本校八十八年二月九日(88)教字第〇〇九一號函計達。）

經辦語	請示語
(1)遵經、遵即 （對上級機關或首長表達已經遵照立即辦理。） (2)業經、經已 （表示已經辦理。） (3)均經 （表兩件以上的案子，都已經辦理。） (4)迭經 （表示已經辦理好幾次了。） (5)當經 （表示當時曾經辦理。） ☆意義各不相同，請擇取適用者。	(1)是否可行？ (2)是否有當？ (3)可否之處？ ☆上述三種意思類同。通常接用適當的期望及目的語。如：是否可行？敬請　核示。
(1)業經、經已 （表示已經辦理。） (2)均經 （表兩件以上的案子，都已經辦理。） (3)迭經 （表示已經辦理好幾次了。） (4)當經 （表示當時曾經辦理。） ☆意義各不相同，請擇取適用者。	無
(1)業經、經已 （表示已經辦理。） (2)均經 （表兩件以上的案子，都已經辦理。） (3)迭經 （表示已經辦理好幾次了。） (4)當經 （表示當時曾經辦理。） ☆意義各不相同，請擇取適用者。	無

期望及目的語	駁復語
(1)請　鑒核、請　查核 （請求上級鑒察審核。鑒核要挪抬，以下依此類推。） (2)請　核示 （請求上級審核指示以便遵行。） (3)請　核備 （請求上級鑒察並留備考察。） ☆期望及目的語都用於主旨段的尾句。上行文可將請字加強為敬請。如：敬請　鑒核。	無
(1)請　查照、請　察照 請　查照辦理 （請同級單位知悉或請其依照辦理。） (2)請　查照見復 （請同級單位照案辦理並回復，以做存案依據。） (3)請　查照見復 （請同級單位查明某案並答覆。） (4)請　查照備案 （請同級單位知悉並留備查考。） ☆與上行文一樣，期許收文單位的作為辭，都要挪抬。	(1)不能同意辦理。 （比較硬性答覆。） (2)無法照辦，敬請諒察 （比較委婉答覆。） ☆應述明理由，原則上比照下行文。 ☆駁復語通常用在句末。
(1)請　查照 （照會受文者，請其知悉。） (2)請照辦 （照會受文者，請其照案辦理。） (3)請辦理見復 （照會受文者，請其照案辦理，並作後續報告。） (4)請查照見復 （請下級單位查明某案並答覆。） (5)請轉告 （請下級單位轉知所屬。） (6)請轉行照辦 （請下級單位轉行文告知所屬照案辦理。） ☆請字都可代換為希字。	(1)應予不准 (2)應予駁回 ☆二種意思一樣，順前文語氣擇用。 ☆原請求與法規不合者，應引用該法規條文或要點以為駁復。若與案例或常理不合者，應就該項案例習慣或事理擇要說明。

允准語	抄發語	附送語
無	抄陳（有副本或抄件時用之。）	附陳、檢陳（另有附件隨送。）
無	抄送（有副本或抄件時用之。）	附、附送、檢、檢送、檢附、檢同（另有附件隨送。）
(1)應予照准 (2)自應照准 (3)應准照辦 ☆與駁復語一樣，用在句末。前述三種，意思都一樣，可順前文語氣擇用。	抄發（有副本或抄件時用之。）	附、附送、檢、檢送、檢附、檢同（另有附件隨送。）

二、標點符號：現行公文程式條例第八條規定「公文文字應簡淺明確，並加具標點符號。」現在把標點符號的用法說明如下：

1.句號「。」：用在一個意義完整文句的後面。如：公告○○商店負責人張三營業地址變更。

2.逗點「，」：用在文句中要讀斷的地方。如：本工程起點為仁愛路，終點為……。

3.頓號「、」：用在連用的單字、詞語、短句的中間。如：(1)建、什、田、旱等地目……(2)河川地、耕地、特種林地等……(3)不求報償、沒有保留、不計任何代價……。

4.分號「；」：用在下列文句的中間：(1)並列的短句。(2)聯立的復句。如：①知照改為查照；遵辦改為照辦；遵照具報改為辦理見復。②出國人員於返國後一個月內撰寫報告向〇〇部報備；否則限制申請出國。

5.冒號「：」：用在有下列情形的文句後面：⑴下文有列舉的人、事、物時。⑵下文是引語時。⑶標題。⑷稱呼。例如：①使用電話範圍如次：甲……乙……。②接行政院函：③主旨：④〇〇部長：。

6.問號「？」：用在發問或懷疑文句的後面。如：⑴本要點何時開始正式實施為宜？⑵此項計畫的可行性如何？

7.感嘆號「！」：用在表示感嘆、命令、請求、勸勉等文句的後面。如⑴……又怎能達成這一為民造福的要求！⑵希照辦！⑶請鑒核！⑷來努力創造我們共同的事業，共同的榮譽！

8.引號「」『』用在下列文句的後面，先用單引，後用雙引：⑴引用他人的詞句。⑵特別著重的詞語。如：①總統說：「天下只有能負責的人，才能有擔當。」②所以「效率觀念」已經為我們所接納。

9.破折號「—」：表示下文語意有轉折或下文對上文的註釋。如：⑴各級人員一律停止休假—即使已奉准有案的，也一律撤銷。⑵政府就好比是一部機器—一部為民服務的機器。

10.刪節號「……」：用在文句有省略或表示文意未完的地方。如：憲法第五十八條規定，應將提出立法院的法律案，預算案……提出於行政院會議。

11.夾註號「（ ）」：用在文句內要補充意思或註釋使用的。如：①公文結構，採用「主旨」「說明」「辦法」（簽呈為「擬辦」）三段式。⑵台灣光復節（十月二十五日）應舉行慶祝儀式。

12.專名號「—或～」：用在國名、人名、地名、機關、書名、篇名等專有名稱的左旁。如：⑴中華民國、國父孫中山先生、台灣、教育部、三民主義、論語學而篇。

第六節　簽與稿的撰擬

一、「簽」、「稿」的性質：

㈠「簽」的作用，是幕僚處理公務表達意見，以供上級了解案情，並作抉擇的依據，分為下列兩種：

1.機關內部單位簽辦案件的公文：依自訂分層授權的規定核決，簽末不必敘明上某某長官的字樣。

2.具有幕僚性質的機關首長對直屬上級機關首長的「簽」，文末可用「右陳○○長」字樣。

㈡「稿」是公文的草案，依各機關規定程序審定判行後發出。

二、「簽」、「稿」的擬辦方式：

㈠先簽後稿：

1.制訂、訂定、修正、廢止法令案件。

2.有關政策性或重大興革案件。

3.牽涉較廣、會商未獲結論案件。

4.擬提決策會議討論案件。

5.重要人事案件。

6.其他性質重要必須先行簽擬的案件。

㈡簽稿併送：

1.文稿內容須另寫說明或對以往處理情形須酌加析述的案件。

2.依法准駁，但案情特殊須加說明的案件。

3.須限時辦發不及先行請示的案件。

㈢其他一般案情簽單，或例行承轉的公文，得逕行以稿代簽方式辦理。

三、作業要求：

㈠正確：文字敘述和重要事項記述，應避免錯誤和遺漏，內容主題應避免偏差、歪曲，切忌主觀、偏見。

㈡清晰：文義清楚、肯定，毫不含糊模稜。

㈢簡明：用語簡練，詞句曉暢，分段確實，主題鮮明。

㈣迅速：自蒐集資料，整理分析，並提出結論，應在一定時間內完成。

㈤一致：機關內部各單位撰擬簽稿，文字用語，結構格式應力求一致，同一案情的處理方法不可前後矛盾。

㈥完整：對於每一案件，應作深入廣泛的研究，從各種角度、立場考慮問題，對相關單位應切取協調聯繫。所提意見或辦法，應力求週詳具體，適切可行。並備齊各種必需的文件，構成完整的幕僚作業，以供上級採擇。

㈦整潔：簽稿均應保持整潔，字體力求端正。

四、「簽」的擬辦：

㈠「簽」的款式：

1.先簽後稿：使用「簽」的制式用紙，按「主旨」，「說明」、「擬辦」三段式辦理。

2.簽稿併送：視情形使用「簽」，如案情簡單，可使用便條紙，不分段，以條列式簽擬。

3.一般存參，或案情簡單的文字，得於原件擬辦欄或文中空白處簽擬。（便簽由各機關自行製作）

㈡「簽」的撰擬要領：

1.「主旨」：扼要敘述，概括「簽」的整個目的與擬辦，不分項，一段完成。

2.「說明」：對案情的來源、經過與有關法規或前案，以及處理的分析等，作簡要的敘述，並視需要分項條列。

3.「擬辦」：為「簽」的重點所在，應針對案情，提出具體處理意見，或解決問題的方案。意見較多的分項條列。

4.「簽」的各段應截然劃分，「說明」一段不提擬辦意見，「擬辦」一段不重複「說明」。

㈢「簽」的用紙格式，具有幕僚性質的下級機關首長對上級機關首長行文時應一致採用，格式照公文用紙的規格。至於各機關內部單位簽辦案件，可參照自行規定。（附簽的標準格式如後）。

五、稿的撰擬：

㈠草擬公文一律使用制式公文稿紙，按文別應採的結構撰擬。

㈡撰擬要領：

1.按行文事項的性質選用公文名稱，如：「令」、「函」、「書函」、「公告」等是。

2.一案須辦數文時，依下列原則辦理：

⑴設有幕僚長的機關，分由機關首長或幕僚長署名的發文，分稿擬辦。

⑵一文的受文者有數機關時，內容大同小異的，同稿併敘，將不同文字列出，並註明某處文字針對某機關；內容大同小異的，用同一稿面分擬。

3.「函」的正文，除按規定結構撰擬外，並應注意下列事項：

(1)定有辦理或復文期限的，應在「主旨」內敘明。

(2)承轉公文，應摘敘來文要點，不可在「稿」內書「照錄原文、敘至某處」字樣，來文過長仍應儘量摘敘，實在無法摘敘時，可照規定列為附件。

(3)概括的期望語（例如：「請核示」、「請查照」、「請照辦」等）列入「主旨」，並不應在「辦法」段內重複，至具體詳細要求有所作為時，應列入「辦法」段內。

(4)「說明」、「辦法」須眉目清楚，分項條列時，每項表達一意，意義完整的，雖一句，可為一項，否則雖字數略多亦不應割裂。

(5)正文之後首長簽署，敘稿時，為簡化起見，首長職銜之下僅書「姓」，名字則以「○○」表示。

(6)須以副本分行者，應在「副本收受者」欄列舉，如果要求收受者作為時，則應改在「說明」段內列舉，並予註明。

(7)如有附件，應在「說明」段內敘述附件名稱及份數。

簽的標準格式

甲式（機關內部單位簽辦案件之簽）

簽　於○○○（服務單位）

主旨：……………………………………………………………………………………。

說明：（段名可依需要改為「經過」、「原因」）…………………………………。

一、……………………………………………………………………………………。

二、…………………………………………：

(一)……………………………………………………………………………………………。

(二)……………………………………………………………………………………。

請求：（段名可依需要改為「建議」、「擬辦」）

○○○（蓋職章）○年○月○日

乙式（具有幕僚性質之機關首長，對直屬上級機關首長所呈遞的簽）

簽　於○○○（服務單位）

主旨：……………………………………………………………………
……………………。

說明：（段名可依需要改為「經過」、「原因」）…………。

請求：（段名可依需要改為「建議」、「擬辦」）

一、……………………………………………………………………
…………………。

二、……………………：

(一)……………………………………………………………………
……………………………………。

(二)……………………………………………………。

敬陳

副○長

○長

○○○（蓋職章）○年○月○日

說明：此二圖示為完整的三段式形式。若作二段式則刪去「說明」或「請求」段，若為一段式則留「主旨」，刪去其他二段。

第七節　公文的處理

一件公文，要從收文到歸檔，才算處理完畢。現在說明如下：

壹、一般原則

一、公文的機密性、重要性及時間性依下列規定區分，並由各機關依業務性質及實際需要，自行預為區劃，以作為公文處理作業的依據。

㈠公文的機密性，應依國家機密保護辦法的規定分為：「絕對機密」、「極機密」、「機密」、「密」四種。

㈡公文重要性分為：「極重要」、「重要」、「普通」三種。

㈢公文時間性分為：「最速件」、「速件」、「普通件」三種。

二、業務及所屬單位繁多的機關，應設立公文交換中心，定時集中交換。

三、收、發、繕、校及打字人員以集中作業為原則，由各級行政機關依狀況自行規劃辦理。

貳、收文、發文、分文的處理

收文、發文應一律按年份採統一編號，文件以隨到隨分隨發為原則。

一、收　文

㈠總收文作業應確按「拆封」「點收」「給據」「編號」「登記」「分文」等程序處理，儘量節約內部收、發、登記層次，加速公文處理效率。

㈡公文附件如屬現金、支票、匯票或其他有價證券等，應先繳送出納單位簽收保管，如為大宗或重要物品時，應儘速隨文併送業務主辦單位。

㈢單位收文由各機關按業務繁簡自行統一規定。

二、發　文

㈠發文人員應確按「點收」「分類」「併封」「登記」「發文」等作業程序辦理。

㈡發文時應在公文上確切標明重要性、時間性、及保密區分。對平寄郵件應繕列清單，由郵局蓋章認明，以憑查考。

㈢對同一機關有數件通常性的發文時，得併封送發。

㈣封發公文得視實際情形，逐日分批專送或郵寄，但最速件應隨時送發。

㈤凡體積較大、數量過多的附件得先發公文，並於公文附件欄註明「附件另寄」。另寄附件時，封面上應註明「發文○○字號的附件」。

㈥凡大宗及重要物品必須專人護送的，均由業務主管單位自行處理。小件物品由總發文部門處理。

㈦人事命令、證件、有價證件、訴訟文件等重要文件用掛號郵件寄發。

㈧上級機關頒發一般性通案公文時，應就組織層級及數量，預先分訂公文發行區分表，一次印發直達應到的層級。

三、分　文

㈠分文人員應注意來文的時間性，依序迅確處理。對未區分等級而內容確係最速件或速件的來文，應加蓋戳記，提高承辦人員警覺。

㈡分文以儘量減少中層單位登記手續為原則。極重要或有特別時限的公文，應先提請長官核閱。

㈢來文關涉二個以上單位時，應即按文件性質依本機關之有關規定分送主辦單位。

參、承辦、會辦、核稿、決行及分層負責

一、各機關應貫徹分層負責的實施，劃分層次，以不超過三層為原則，逐級授權決行。處理公文的程序，以分承辦、審核、決行三級為原則。送判公文應在公文稿紙上註明決行的層級。

二、各級承辦人員，如延誤公文處理時限，應追究行政責任。對政府或當事人構成損害時，應負法律責任，各級主管人員並應負責行政上的連帶責任。

三、公文得依重要性分由各層級人員辦理：

㈠普通公文由科（課）員級以下人員承辦，經審核後，送上級主管決行。

㈡重要公文由科（課）長級或相當職位人員承辦，經審核後，送上級主管決行。

㈢極重要公文由科（課）長級以上人員承辦，經審核後送機關首長決行。

前三項規定，各機關得視其組織層級和業務情形自行酌定分級，除承辦人員及決行人員外，文稿審核人員每層不超過二人為原則。

四、公文應以一文一事為原則。

五、公文需其他機關（單位）會辦者，應視同速件處理，重要案件以會商為原則，會簽後不再會稿，

核定後以副本抄知。

六、為減少公文數量，下列事項不必行文：

㈠例行准予備查事項（法定須報備的例外）。

㈡可於會議、會談、會報中商決，或已在報刊上正式發布以及遞送例行表報等事項。

㈢非必要的公文副本。

㈣凡屬聯繫、協調、查告、商洽等事項，均可使用電話代替行文。

七、對所屬人員承辦的公文，如有不同意見，應明確批示。公文需清稿時將原辦文稿附入。

肆、繕寫、打字、校對、用印

各機關對外行文，應使用統一規格的公文用紙。例行公文，儘量表格化印成例稿，並套印公文紙，於承辦稿時連同發文一併複寫。

公文決行後應以當日繕打、校對、發文為原則。機密文件不交商打印。

公文蓋用印信及簽署規定如下：

㈠呈：用機關首長全銜、姓名、蓋職章。

㈡公布令、公告、派令、任免令、獎懲令、聘書、訴願決定書、授權狀、獎狀、褒揚令及匾額等均蓋機關印信，並蓋機關首長職銜簽字章。

㈢函：

1. 上行文：用機關首長職銜、姓名、蓋職章。

2.平行、下行文：蓋職銜簽字章，或職章。

㈣書函：由發文者署名蓋章，或蓋章戳。

㈤機關職員任職證明或其他請求證明身分的文件，蓋機關印信，並蓋機關首長職銜簽字章。

㈥機關內部單位主管根據分層負責的授權，逕予處理事項，對外行文時，由單位主管署名、蓋單位職章。屬於一般事務性的通知、聯繫、洽辦，可蓋機關或單位章戳。

公文發文時，原稿不蓋用印信，僅蓋「已用印信」章戳，公文在兩頁以上時，應於騎縫處蓋騎縫章。

會銜公文不蓋用機關印信。

例行表格、備供核發的證書、單、照等，各機關得先蓋印或套印，編號備用。

伍、稽催與考核

一、公文稽催

㈠公文稽催的作用在督促各級主管及承辦人員加速處理公文，提高行政效率。

㈡公文稽催的目的在確保公文能於規定的期限內迅速辦出，並於公文處理流程中隨時發現瓶頸所在，以便檢討改進。

㈢各機關應建立公文稽催制度，指定單位，指派專人負責辦理公文稽催工作。

㈣公文處理時限基準：

1.最速件隨到隨辦。

2.速件不超過三天。

3.普通件不超過六天。

4.限時公文、法令定有時限的事項，依限辦理。

5.人民申請各種證照等案件應按其性質，區分類別、項目，分別規定處理時限，如辦理過程需時七天以上者，應分別訂定處理過程各階段的時限，並明白公告。

6.公文因案情繁複需展期辦理時，應視申請展期天數，區分核准權責，由各機關自行規定，但展期超過一個月以上者，須經機關首長或幕僚長核准。

(五)公文處理時限計算標準：

1.答復案件：自總收文之日起至發文之日止（含會稿、會辦時間），所需天數扣除例假及國定假日後，為實際使用天數。

2.彙（併）辦案件：自規定彙報截止之日起算至全部辦畢發文之日止，所需天數扣除例假、國定例假日及奉准待辦彙復所需天數，為實際使用天數。

3.創稿（凡無來文而有發文的案件）：以發起之日起算，如係交辦，以交辦之日起算，如係會議決定，以會議記錄送達之日起算，如係先簽後辦以送簽之日起算，直接辦稿者，以辦稿之日起算。

4.存查案件：自總收文之日起至簽准存查之日止，扣除例假及國定例假日，為實際使用天數。

(六)各單位人員職責：

1.業務單位：

(1)收發人員：①登記本單位每一文件處理流程及使用時間。②統計本單位資料，提出月報。③提供單位主管查催資料。

(2)承辦人員：

①按期辦出，控制處理時限（簽辦時應註明月、日、時、分，填寫方法例如：四月廿八日九時卅分可簡化為：(04.28 09.30)，必須展期者，報請權責主管核准。

②控制會稿、會辦時限：a.最速件親會。b.同一文件請二個以上單位核會，複製同時送會。c.會稿件按速件處理。

(3)各級單位主管：①查催、審核本單位公文處理時限。②指定本單位人員負責主動查催。③建議獎懲。

2.公文稽催單位：

(1)登記本機關每一文件處理流程及使用時間。

(2)檢查各單位公文處理時限，逾期者催辦，並提出報告。

(3)統計全機關公文處理時限資料，提出月報。

3.研考人員：

(1)按期抽查公文處理時限及列管案件，查核稽催單位執行情形。

(2)提出糾正及獎懲建議。

(七)公文處理經過登記及催辦：

1.所有各單送判、送核、送會文件及批迴公文均應送由公文稽催單位登記。

2.公文稽催單位應按總收文號編製卡片（或簿册）分別以承辦單位及收文順序排列，隨時將公文處理經過情形扼要填入，以為檢查、催辦及銷號、製表的依據。

3.公文經簽擬核定後，由稽催單位登記銷號，需繼續辦理或未結案暫存公文，應列管追蹤稽催。

4.對超過處理時限，仍未簽辦或送會逾時的公文，由稽催單位填具催辦單（格式自定）向承辦單位催辦。

5.承辦單位接獲催辦單後，應立即或在一定期間（由各機關自訂）內答復，並立即簽辦（或核會）如仍不簽辦，又不將延辦理由答覆時，應由稽催單位簽報上級。

二、考　核

(一)下列事項予以考核：

1.人民申請案件的處理程序與時限。

2.訴願案件的處理與時限。

3.一般公文處理程序的簡化與改進情形。

4.減少公文數量措施的執行情形與成效檢討。

(二)考核要領：

1.公文稽催單位除按時查催統計本機關公文處理情形外，並由考核單位抽查所屬單位執行情形，施行實地查證。

2.針對本機關特性訂定稽催作業細則，作為執行依據。

3.早期發現問題，不斷檢討改進，適時提供各級人員研擬對策。

4.考核結果定期提報，以提供各級主管採取有效行動，排除障礙，計畫繼續進行。

5.考核執行情形列為年度業務檢查項目之一。

陸、檔案管理

一、各機關檔案，視組織及業務需要，設置檔案管理職位及場所，集中管理。

二、檔案保管區分如下：

㈠臨時檔案：尚未結案，待繼續辦理的案卷。

㈡中期檔案：已經結案，列有保管年限，且具有案例價值者。

㈢永久檔案：中期檔案經整理後，具有永久保存價值者。

三、檔案處理區分如下：

㈠銷燬：凡保存年限屆滿或辦後彙燬案卷，應先送會原辦單位後，簽由機關首長核定銷燬。

㈡移轉：

1.臨時檔案已結案者，移轉為中期檔案。

2.中期檔案經整理後，仍有保存價值者，移轉為永久檔案。

3.機關裁併或撤銷時，應隨業務移交。

㈢機密等級調整：機密等級，應每年調整一次，由原辦單位會同檔案管理單位「依國家機密保護辦法」的規定辦理。

㈣具有考證國史價值的檔案應移送國史館參考。

四、案件以隨辦隨歸為原則，應於發文次日逕行歸檔，別有註明時，則會知後歸檔。

五、檔案以十進法分類，區分如下：

類：各機關所屬一級單位為類。

綱：各機關所屬二級單位為類。
目：依業務項目分目。
節：依檔案性質分節（必要時再分細目）。
前項檔案分類，由檔案主管單位會同有關單位訂定保存年限及分類表，經機關首長核定後實施。

六、檔案應編製收發文號與檔案號對照表及分類目錄卡（一案一卡，內容包括檔號、案名、移轉、銷燬等項）。

檔案具有保存價值者，得縮影保存（如無此項設備，可洽商有關機關縮攝）。

七、臨時檔案以活頁裝訂，依原卷號及件號順序，小號在下，大號在上，中期檔案及永久檔案，以書本式裝訂。並應注意防護（防盜、防火、防破壞、防蟲鼠、防霉爛、防污損等及保密）。

八、借閱檔案，其手續應儘量簡便，並參照下列原則辦理：
㈠借閱案卷，應用調卷單（格式自定），並由基層主管核章。
㈡緊急調卷，可先用電話辦理，後補調卷手續。
㈢借調非本管業務案卷，須會主辦單位。
㈣其他機關借調案卷，除法律另有規定外，應以正式公文辦理。
㈤借調案卷以兩週為限，屆期仍須繼續使用，應填具展期單（格式自定）洽請展期。借調案卷，另有急用時，得隨時催還。
㈥借調案卷逾期未歸還者，應洽催，如催還三次，仍不歸還，應簽報上級。

九、借調案卷人員不得洩密、拆散、塗改、抽換、增損、轉借、轉抄、遺失，非經簽准不得複印、影印。

機關職員退休或離職時應由人事單位知檔案主管。

柒、公文用紙

各種公文用紙的規格都要按照政府的規定才行（略）。

第八節 公文的副本

在現行的公文程式條例中第九條，有「得以副本抄送有關機關或人民」的規定，這就是公文可以有副本的根據。其實副本是對正本而言，其內容是和正本完全相同的，它必須具備下列三個要件：

一、副本的性質，還是公文，所以它仍然要具有公文應具的程式。

二、副本的內容，必須與正本的內容完全相同。

三、副本的受文者，是正本受文者以外的有關機關或人民。

至於副本的作用可以用下列兩項來說明：

㈠加強各機關的聯繫。公文的正本發送給甲機關，同時又把副本發給其他有關的機關，他們同樣可以明白公文正本的全部內容，這對於彼此職權的行使，當然可以加強聯繫。

㈡增加行政效率。因為正副本的內容完全一樣，當然就不必再辦文稿了，把副本直接送給有關機關或人民，在行文上便節省了不少的時間和精力，而在副本收受者，仍然可以藉此作適當的處理。因此，行政效率也就自然加強了。

公文採用副本，的確是行政技術上的進步。但是公文應該分行的，絕對不可以以副本代替。至於公文的副本，除了在各該副本上應該標明「副本」外，在公文上也應該寫明。

第九節　公文作法舉例

考試院第九屆第二十五次會議決議：「各項國家考試之國文科目考試，內容如包含公文者，其公文之作答格式，自八十八年七月一日起採用新格式」。現在按照公文的類別各舉一例以供參考。

一、令

1.公布令

總統　令

發文日期：中華民國○○年○月○日

發文字號：華總(一)義字第○○○○○號

茲依據中華民國憲法增修條文第一條之規定，第○屆國民大會第○次會議定於中華民國○○年○月○日集會。

總　　統　○○○

行政院院長　○○○

2.人事命令

總統 令

發文日期：中華民國○○年○月○日

發文字號：華總(二)榮字第八八○○○○○號

僑務委員會簡派第○職等專門委員○○○另有任，應予令免。

軍管區司令部人事處簡任第○職等組長○○○已准退休，應予令免。

總　統 ○○○

行政院院長 ○○○

二、呈

行政院 呈

受文者：總　統

發文日期：中華民國○○○年○月○日

發文字號：（○○）○字第○○○○號

主旨：呈請　明令褒揚○故書法家○○教授乙案。

說明：

一、依據○○○先生治喪委員會函辦理。

二、經查○故書法家○○教授一生盡瘁書道，移風易俗，德高績懋，足資範式。與褒揚八原則第○項相符，並經本院第○○次會議決議：「通過，呈請　總統明令褒揚。」

行政院院長 ○ ○ ○（職章）

三、咨

立法院　咨

受文者：總　統

速別：

密等及解密條件：

發文日期：中華民國○○年○月○日

發文字號：○○字第○○○號

附件：全民健康保險法乙份

主旨：制定「全民健康保險法」，咨請公布。

說明：

一、行政院本（○○）年○月○日第○○○○○號函請審議。

二、經提本院本（○○）年○月○日第○○次會議審議通過。

三、附「全民健康保險法」乙份。

正本：總　統
副本：行政院

立法院院長　○　○　○（職章）

四、函

1. 一段式函（下行文）

機關地址：
傳　　真：

臺灣省政府　函

受文者：臺灣省民政廳
速別：
密等及解密條件：
發文日期：○年○月○日
發文字號：○字第○○號
附件：
主旨：訂頒「臺灣省各實施職位分類機關○○年度職位普查計畫」一種如附件，請依規定辦理，並轉行所屬照辦。
正本：省屬各級機關
副本：

主席　○○○

2. 二段式函（下行文）

臺北市政府　函

機關地址：
傳　真：

受文者：本府所屬各機關
速別：
密等及解密條件：
發文日期：中華民國八十三年○月○日
發文字號：八十三府法三字第○○○○○號
附件：全民健康保險法乙份
主旨：「全民健康保險法」業奉　總統八十三年○月○日華總㈠義字第○○○號令公布，請查照。
說明：
一、奉行政院八十三年○月○日台八十三衛○○○號函辦理。
二、抄附「全民健康保險法」乙份。
正本：本府所屬各機關
副本：

市長　○○○
法規委員會主任委員○○○決行

3.三段式函（平行文）

機關地址：
傳　真：

交通部　函

受文者：臺灣省政府
速別：
密等及解密條件：
發文日期：○年○月○日
發文字號：○字第○○號
附件：
主旨：興建南北高速公路有關土地測量分割、公路使用地編定公告、地上物查估計算造冊、用地徵購撥用等各項作業，請促請縣市政府全力協助辦理，以應工程進行。
說明：
一、南北高速公路為應交通及經濟發展之需要，必須加速興建完成。現嘉義至鳳山段，正開始測設路線中心樁與邊界樁（均有地籍座標），其餘各段亦將分別進行路權作業。
二、該路工程鉅大，其各項進度，必須相互密切配合，對於路權部分，以往迭承　貴府支持，惟今後辦理路線較長，地區較廣，且時限迫促，對有關作業，需請縣市政府全力協助優先配合辦理。

辦法：
一、對於路權作業進度，經高速公路工程局與當地縣市政府協調定案後，請縣市政府對其應配合辦理部分，全力協助優先辦理完成。
二、各項作業手續，在法令規定範圍內請儘量予以簡化。縣市協辦業務經費由工務局負擔，請其與工程局協調後編列。
正本：臺灣省政府
副本：臺灣省地政處、本部高速公路工程局

部長　○○○

附錄：函的標準格式：

○○○　函（機關全銜與文別）

機關地址：
傳　　真：

受文者：
速別：
密等及解密條件：
發文日期：中華民國　　年　　月　　日
發文字號：　　字號　　號

附件：

主旨：……………………………………………………
……………………………………。

說明：（段名可依需要改為「經過」、「原因」）……………。

辦法：（段名可依需要改為「建議」、「請求」、「擬辦」、「核示事項」）

一、……………………………………………………
………………………………………。

二、……………………………………：

(一)……………………………………………………
…………………………………………。

(二)……………………………………………………。

正本：

副本：

○長 ○○○

說明：此為完整的三段式形式。若作二段式則刪去「說明」或「辦法」段；若為一段式則留「主旨」，刪去其他二段。

五、公告

臺北市政府 公告

發文日期：中華民國○○年○月○日
發文字號：府建○字第○○○○○號

主旨：公告八十八年畜犬登記、植入晶片及狂犬病預防注射等事項。
依據：動物傳染病防治條例、動物保護法及臺北市畜犬管理辦法等相關法令辦理。
公告事項：
一、實施目的：為加強畜犬管理，有效控制及預防狂犬病之發生，並維護市容及公共衛生，以提高市民生活品質及保障人身安全。
二、實施日期：自○○年○月○日起至同年○月○日止。

市長 ○○○

（附錄）公告的標準格式

○○○ 公告（機關全銜與文別）

發文日期：中華民國○年○月○日

發文字號：○字第○○號

附件：

主旨：……………………………………………………………。

依據：…………………………………………………………。

公告事項：（段名可依需要改為「說明」）

一、…………………………………………………………

……………………………………。

二、……………………………………

(一)…………………………………………………………。

(二)……………………………………………………………。

○長 ○ ○ ○

說明：此為完整的三段式形式。若為二段式則應刪去「依據」或「公告事項」段；若為一段式則留「主旨」，刪去其他二段。

六、其他公文

1. 書函

機關地址：
傳　真：

行政院人事行政局　書函

受文者：本院秘書處
速別：
密等及解密條件：
發文日期：中華民國○年○月○日
發文字號：○字第○○號
附件：本院經濟建設委員會院函暨附件影本各一份

一、本院經濟建設委員會函院為該會因業務需要，擬聘用研究員一人並附聘用計畫書一案。
二、檢附原函暨附件影印本各一份，請　查照惠示卓見，俾便答辦。

正本：本院秘書處
副本：本院經濟建設委員會

行政院人事行政局（條戳）

說明：一、用於公務未決階段，需磋商、徵詢意見時。蓋條戳。
二、副知申請單位，係因本案一時無法回復，告知已在受理中。

2.通知．通告．通報

台灣桃園地方法院觀護人室 通知

中華民國八十九年○月○○日

受文者：○○○君

主旨：請於民國八十九年六月十日（星期二）下午二時三十分至四時，攜帶本人身分證（或學生證）及私人印章，前往私立中原大學社會工作系辦公室，領取本院大專輔導員八十○年四月至六月份車馬費；因跨會計年度，若當日未領者，視同放棄。

台灣桃園地方法院觀護人室（章戳）啟

人事室 通告

中華民國○○○年○月○日

主旨：本校○○○年新春團拜，訂於○月○日九時正假野聲樓一樓大廳舉行，敬請 全體同仁踴躍參加。

人事室（章戳）啟

通識中心 通報

中華民國○○○年○月○日

一、敬邀台灣師範大學國文系王更生教授蒞臨本校講演，講題為「古典詩詞吟唱」，除講述古典詩詞吟唱之理論與源流外，還作現場示範表演。

二、講演時間為○月○日○時，假活動中心七樓演講廳舉行。

三、敬請本校師生屆時踴躍出席。

萬能學院通識中心（章戳）啟

3.報告

報告　於○○科

主旨：生不幸發生車禍，下肢粉碎性骨折，擬於本（八十八）學年度休學一年。敬請　賜准。

說明：

一、生於八十八年九月四日發生重大車禍，導致下肢粉碎性骨折，無法行動，醫囑需長期住院治療，療程預估一年。

二、附臺灣大學附設教學醫院診斷書及家長同意書各一紙。

敬陳

導　師

科主任

教務長

校　長

學○○科二年級

學生　○　○　○□敬上

學號：○○○○○○○○○

○○○○年○○月○○日

4.表格化公文

①開會通知

萬能技術學院八十九學年度第一學期「校務會議」開會通知

受文者	呂新昌老師			日期	中華民國八十八年六月二十日
開會事由	八十九學年度第一學期校務會議				
開會時間	八十九年六月二十九日（星期四）上午九點整				
開會地點	行政大樓四樓第一會議廳				
主持人	校長	連絡人	張建民	內線電話	203
討論事項或提案	一、校務相關事宜與工作報告 二、各位委員若有任何議案請於六月二十六日前擲回秘書室彙整				
備註	備有午餐				

②簡便行文表

臺灣電力公司公眾服務處

簡便行文表

日期：○年○月○日
文號：（○）眾公參字第○○號

受文者：台灣聖教會南部教區
副本收文者：本公司大觀發電廠
主旨：貴教區之牧師暨傳道夫婦等一行廿五人，於十一月十五日（星期一）上午十一時○分參觀本公司大觀發電廠乙節，敬復如次：

☑ 歡迎蒞臨，並請備參觀人員名冊乙份。

□ 參觀時間適逢
□ 發電機組定期檢修
□ 國定、星期假日或週末下午
□ 演習期間
□ 已另安排其他單位參觀，無法同時容納
，請改期。

□ 參觀人員未滿十八歲，依規定恕難安排參觀核能發電廠。

說明：
一、復貴教區台聖南區季字第○四四號函。
二、聯絡電話：（○二）二三六六六三三八。

臺灣電力公司公眾服務處（章戳）

③公務電話記錄

○○大學公務電話記錄	
協調事項	通知派員參加「公教人員保險配合國民年金制度規劃之相關問題座談會」
受(發)話人通話內容	居時將派本室○○○股長出席
發話人單位	教育部人事處三科專員○○○
受話人單位	○○大學人事室主任○○○
通話	88.6.7.14:00
備註	複寫本抄送教育部人事處

自我評量：

1. 什麼叫做公文？它必須具備那些要件？
2. 什麼叫做公文程式？現行的公文程式把公文分為那幾類？並請說明它們的用處。
3. 試述公文的分段要領。
4. 習作下列各種公文：

①申請函—向當地鄉鎮公所申請補發身分證。

②公告—張貼用。村長公告村民大會時地。

③函—縣政府希鄉鎮公所於月底前編造下年度預算報府。

※附錄：八十七年各類考試公文試題：

△行政院為落實終身學習之教育理念，特致函所屬各部會局處及省市政府，希訂定具體辦法，鼓勵所屬員工以多元化進修管道，加強人文素養與專業能力，以提昇公務人員素質，增進行政品質。試擬省市政府復行政院函稿。（87年高考）

△試擬財政部致各國稅局函：為簡化每年綜合所得稅繳納手續，希加強宣導並檢討改進電腦網路繳稅辦法，以符便民。（87年普考）

△為因應當前社會需要及工商業發展趨勢，請試擬臺灣省政府函：建請行政院開辦失業保險與救濟。（87年基三）

△試擬臺灣省政府致函各縣市政府，年底縣市長選舉將屆，通令所屬，於執行公務時，應嚴守行政中立，端正選風。（87年基四）

第九章 契約

第一節 契約的意義和法律的限制

契約也叫做契據、契券、文契，或字據等，訂立契約是一種法律行為，是用來規定當事人雙方的權利和義務的。凡是兩人以上，以互相同意的事項，根據法律或習慣，訂立條件來共同遵守，而且用文字寫出來作為憑證的，就叫做契約。也就是說：契約的成立是基於當事人雙方的情願，而那些同意的條件，必須在法律的範圍之內。

因為契約是一種法律行為，所以契約的成立，必須受到法律的限制，依照我國現行法律，訂立契約時必須注意下列五點：

一、**必須當事人雙方都有行爲能力**。民法第七十五條規定：「無行為能力人之意思表示無效。」所以訂立契約的人如有一方是未成年，或是精神病患者，或是禁治產的心神喪失者，或是精神耗弱的人，他們的意思表示，便不能發生法律上的效力。縱使雙方成立了契約，也是無效的。

二、**必須經過要約和承諾的程序**。契約的成立，須由一方面的要約，另一方面的承諾，然後才算是同意，民法第一五五條規定：「要約經拒絕者，失其拘束力。」又第十五條規定：「對話為要約者，非立時承諾，即失去拘束力。」由此可知，訂立契約一定要經過雙方同意的，如果是片面的意思，或是一方是被強迫而成立的契約，都是不能發生效力的。

三、**必須具備法定的方式**。民法第七十五條規定：「法律行為不依法定方式者無效。」契約的法定方式就是契約上必須具備的項目，如當事人的姓名和簽章，標的物的名稱內容，約定的條件，訂立的時間，證人和簽章等，都是不可缺少的。

四、**不可以有違反法律強制或禁止的規定**。所謂「強制」就是法律規定非如此不可的事項，便不可以違背這規定，來訂立契約。如破產管理人，在沒有得到監查人的同意時，便不可以把所保管的不動產特權讓與他人，要是他私自跟別人訂立買賣契約的話，便是無效。所謂「禁止」就是法律所規定禁止的事項，如賭博及販賣毒品，販賣人口等，都是法律所禁止的，有關這方面的契約，當然也是無效的。

五、**不可以把不可能的給付作爲契約的標的**。凡是不能交付的物品及不能有的行為，都不可以作為契約的標的，如買賣人體的四肢，或是陽光空氣等，便是不能交付和不可能交付的，訂立這種契約，當然也是無效的。

第二節　契約的種類

契約的應用範圍很廣，所以種類很多，現在提要說明如下：

一、**買賣契約**。我國民法規定：「稱買賣者，謂當事人約定：一方移轉財產權於他方，他方支付價金之契約。當事人就標的物，及其價金互相同意時，買賣契約即為成立。」也就是說：以金錢交易物品，雙方當事人對標的物和價金完全同意時，就可以成立契約。而買賣流動物品的手續是很簡單的，一手交錢，一手交貨，必要時開張發票就行了，沒有訂立契約的必要。只有田地房屋等不動產，或是重大的物品，關係比較複雜的，容易發生糾紛，才非訂契約不可。買賣土地房屋的契約，又叫做「杜契約」，俗稱「死契」，它的意思就是說契約一成立，被賣之土地房屋便和賣主永遠脫離關係，不可以再行贖回。

二、出典契約。依民法規定，所謂典權是指典受者支付典價，占有他人之不動產，取得使用及收益之權，這是指典受者而言的。至於出典，便是以土地或房屋典給別人，而取得典價的意思。出典和出賣不同的地方是：出典是所有權的暫時轉移，有約定的期限，到期可以照約贖回。出賣是所有權的永久轉移，如果想買回來，一定要對方同意才行。所以出典契約又叫「活契」。

三、抵押契約。依照民法規定，抵押包括「抵押權」和「質權」兩種。所謂抵押權就是把債務人或第三人的不動產拿來作為債權的擔保，但並不移轉占有，而在債務人出賣他的不動產時，有取其價金清償債務的權利。所謂質權又分「動產質權」和「權利質權」兩種。動產質權是債務人拿動產作擔保品，債權人可在他出賣這些動產時，取其價金償債。權利質權是債務人拿自己的其他權利，作為自己債務的擔保品。抵押和出典不同的地方是：出典沒有債務的關係，只是活賣而已，有一定的期限。而抵押卻是為了擔保債務，把自己的不動產或其他權利，暫時交由債權人保管，債務清償時，便可立即收回，是不定期。但是有時候也有定期的。

四、租賃契約。民法規定：「稱租賃者，謂當事人約定：一方以物租與他方使用收益，他方支付租金之契約。」如租地，租屋等是。租約中應該寫明下列七點：1.租賃物在交給承租人時是什麼狀態。2.租金金額。3.出租人如何保證承租人得到租賃的利益。4.承租人如何保管使用租賃物。5.租金虧欠或租賃物損壞的賠償辦法。6.歸還租賃物的時間。7.交付租金的時間。

五、**借貸契約**。依照民法規定：借貸分為「使用借貸」和「消費借貸」兩種。使用借貸大都是臨時使用，用畢即還，情節簡單，通常都是不訂契約的；消費借貸是金錢或其他代替物的借貸、民法中說：「稱消費借貸者，謂當事人約定：一方轉移金錢或其他代替物之所有權於他方，而他方以種類、品質、數量相同之物返還之契約。」

六、**聘僱契約**。聘僱契約包括聘請和僱傭兩種，其實聘請契約和僱傭契約的實質是相同的，而特別稱為聘請，只是表示一種禮遇而已。民法規定：「稱僱傭者，謂當事人約定：一方於一定或不定之期限內為他方服務，他方給付報酬之契約。」聘僱契約應該寫明：1.聘僱的期限。2.服務、勞動的規定。3.報酬的數目及付給的時期。

七、**承攬契約**。民法規定：「稱承攬者，謂當事人約定：一方為他方完成一定之工作，他方俟工作完成，給付報酬之契約。」此種契約應該寫明：1.承攬人應做的各項工作。2.確定完成工作的時間。3.給付報酬的方法。4.安全的擔保時間。

八、**合夥契約**。照民法規定：「稱合夥者，謂二人以上，互約出資以經營共同事業之契約。」此種契約也叫做「合同」，它應該寫明：1.股本的認集及利息。2.盈餘和損失的分配。3.事務的處決及執行。4.退夥增夥和解散的辦法。

九、**保證契約**。民法規定：「稱保證者，謂當事人約定：一方於他方債務人不履行債務時，由其代負履行責任之契約。」保證責任有「有限」與「無限」之別，保證時間有「有期」與「無期」之分，在保證契約中都是應該寫明的。保證契約和抵押契約的性質相近，只不過抵押是用物來擔保，而保證是用人來擔保而已。

十、**繼承契約**。繼承包括立嗣和析產兩種。依民法規定：「繼承因被繼承人死亡而開始」。這是指親生子女為繼承人而言。然而在習慣上，往往在父母衰老時，即為子女分析產業，以免身後糾紛。在現行的民法中，沒有立嗣的規定，而依照我國的習慣，凡是結婚多年沒有兒子的，可以立嗣，就是在親族或同宗中輩分相當又有兄弟的，商洽為嗣子，析產契約應該分配均勻，書寫明白，使每人各執一份，以備查對。立嗣契約應將新舊親屬關係劃分清楚，以免日後發生糾葛。

十一、**委任契約**。委任契約是當事人約定：一方委託他方處理事務，他方允為處理並接受約定報酬而訂立的契約。

十二、**贈與契約**。贈與契約是當事人一方以自己之財產，無償的給與他方，而他方答應接受而訂立的契約。

十三、**和解契約**。和解契約是當事人約定，互相讓步，以終止爭執或防止爭執發生而訂立的契約。

十四、**讓與契約**。讓與契約是當事人約定以自己之債權或其他權利讓與他方，他方給付相當金錢而訂立的契約。

第三節　契約與公證

公證的功用在維護私人的權利。契約經過公證之後，可以得到下列五項好處。

一、**證據力強**。公證人作成的公證書，在民事訴訟上是最具價值的證據，有不可磨滅的效能，如果没有充分的反證，便不能否認它的效力。

二、永久有案。法院的公證書原本永久保存，如果聲請公證的當事人將公證書正本不慎遺失或損壞或被竊，仍可請求原法院公證處查案補發。

三、減少訟累。經過公證的契約，當事人雙方都有履行的義務。縱使發生爭訟，而公證書上所記的權利義務很明確，是非很容易判斷，結案自然就迅速了。

四、契約完善。一般人因缺乏法律知識，所作的私證書，難免有違背法令，不合風俗習慣，字跡不清，文義欠明確，或是簽名不合規定的地方，以致於雖有契約，卻無法免除爭訟。而經過公證的契約，以上那些弊端都可以糾正清除，當然可以免去許多意外的麻煩。

五、有強制執行的效力。以給付金錢，或其他代替物，或有價證券的一定數量作為標的之債權，在公證書上載明應逕受強制執行的，如債務人有拖欠情事，債務人即可向法院申請強制執行，依法查封對方的財產拍賣或強迫其交付，不必起訴，也無須判決。

至於辦理公證的手續也很簡單，依照公證法第六條的規定，請求公證有兩種方式：一種是以言詞請求公證，請求人用口頭向公證處陳述請求公證的內容和目的，由公證人員作成筆錄，然後再由請求人簽名蓋章。另一種是以書面請求公證，請求人將請求事項作成聲請書狀，由請求人或其代理人簽名蓋章，向公證處提出。不管用那一種方式，請求公證時，應攜帶有關證明文件以及私章，前往公證處先買聲請書逐項填好後，再連同所有證件送公證人審查，然後再繳費。繳費後，公證人即製作公證書，除當事人和公證人都要簽名蓋章之外，並加蓋公證處印信，然後把原本保存在公證處，正本交當事人收存，正本與原本有同樣的效力。

第四節 契約的內容和結構

現在通行的契約，其內容可分為下列十二項：

一、**契約的名稱**。如「房屋租賃契約」，「土地買賣所有權轉移契約書」等，在契約上必須標明。

二、**當事人姓名**。當事人是訂立契約的主體，所以雙方當事人的姓名都必須寫明，表示對雙方所同意的事項負責。現在政府規定，訂立契約一定要用真姓真名。如房屋租賃契約：「立租約人○○，（以下簡稱甲方）今因營業需用房屋，租到○○先生（以下簡稱乙方）坐落×市×路×號房屋一棟。」等。

三、**訂立契約的原因**。契約中要寫明正當的原因，如買賣契約中的「今因正用」，租賃契約中的「今因營業需用房屋」等。但也有省去不寫的，如學校聘請教師，只說「茲聘台端為本校×科教師」就行了。

四、**當事人的自願表示**。訂立契約，必須出於當事人的自願，才有法律上的效力。如買賣契約中必須寫明「此係兩願成交」，出典契約中必須寫明「此係自願」等，這都是表明訂立這個契約是出自當事人雙方的同意，沒有勒逼成交的情事。

五、**標的物的內容**。標的物是指當事人同意要移轉或變更的財產或物品。其內容要詳細寫明，而且要一物不漏，以免日後發生糾紛。

六、**價值數目及交付情形**。契約中有關價值的金錢數目，必須用大寫切實寫明，同時價款交付的情形，也要敘述清楚。如分幾次付，什麼時候付，都要說清楚。

七、**立約後的保證**。訂立契約後對買主的權利，必須給予確定的保證，這是訂立契約的主要目的。如買賣契約中的「自賣之後，聽憑買主過户、納稅、造屋、建廠」等，都必須寫明，才能保障買主的權利。

八、**雙方應遵守的約束**，這是上面說的「訂立條件，互相遵守」的話，以防將來發生糾紛。如典押契約的「移改裝修聽便，期滿取贖，仍照原式歸還。」這些都要在契約中寫明，以便雙方共同遵守，如項目很多，可以分項寫明，寧可失之繁雜，不可失之疏漏，務求明確詳細才是。

九、**約定的期限**。契約中要約定期限，以便雙方共同遵守。如「為期×年，自×年×月×日起至×年×月×日止」，或「清償日期民國×年×月×日」。或是「限在民國×年×月×日還本，不得拖延短少。」等都是。

十、**立約人簽名蓋章**。立約人在契約開頭已經寫出姓名了，那是表示立契約主體，在契約的末尾年月日之下，還要寫上立約人的姓名，並簽名蓋章或蓋手印。

十一、**中證人及關係人簽名蓋章**。中證人是指中人、介紹人和保證人而言。關係人是指代書，見點、見證、族長、鄉長等，看契約的內容而定。這些人都要簽名蓋章或蓋手印。日後如有違約時，他們都得到場做證。

十二、**立契的年月日**。這是法律上權利義務起訖的根據，關係非常重大，務必寫明，不可遺漏，並且要用大寫，以防塗改。

以上十二點，可以說把契約內容的要件都包括進去了。契約內容的要件雖然有這麼多，但是它的結構卻很簡單，歸納起來，只分成三部分而已。

㈠緣由和事實。它包括：1.契約的名稱。2.當事人姓名。3.訂立契約的原因。4.標的物的內容。5.價值數目及交付情形等五項。

㈡保證和約束。它包括：1.當事人的自願表示。2.立約後的保證。3.雙方應遵守的約束。4.約定的期限等四項。

㈢署名和月日。它包括：1.立約人簽名蓋章。2.中證人及關係人簽名蓋章。3.立契的年月日。

第五節 契約的寫作要點

寫作契約應注意下列八點：

一、**用紙**：契約要保留較長的時間，或永久保存，所以用紙以堅韌耐久，可以保存較長的時間為宜。

二、**格式**：契約不是作文章，不可以別出心裁的隨意書寫，而要採用在法律上或習慣上已經形成的形式，最好是符合於當地習慣的格式。

三、**文字**：契約的文字要達到下列四點要求：

㈠要明白。當事人雙方約定的條件要就事直寫，不可以含混不清。

㈡要確實。字句要肯定，不可以模稜兩可。

㈢要精簡。字句要斬釘截鐵，不可以拖泥帶水。

㈣要周到。應該敘述的事物，要一一寫明，不可以遺漏。

四、**標點**。契約上要運用標點符號，幫助文理闡釋，以免發生曲解或誤解。

五、**分段**。如內容複雜冗長，要分段分項敘述，以免前後拉扯不清。

六、**刪改**。契約中如有刪改或添註的地方，必須由代筆人在上面蓋章，並在文後記明字數，如「本件塗改，刪去或添註多少字。」以明責任。

七、再批。契約寫成後，如果還有必須寫明的事項，可在文後另行用再批開始再寫，用「又照」或「並照」作結，並由代書人蓋章，以明責任。

八、印花。依照法律的規定，契約一定要貼印花，否則不生法律上的效力。

第六節 契約實例

契約的實例繁多，不便一一列舉，現在謹按前面講的種類各舉一例如下：

一、**買賣契約—絕賣田地**。

立出賣田地杜絕文契人○○○同母○氏，今因正用，願將祖遺地基一方，地籍坐落×縣×鄉×段×號全筆，計×則田地×公頃，憑中說合，出賣與○○○名下管業，當日三面言明，時值杜絕田價新台幣××元整，當日銀契兩交。自賣之後，任憑買主過戶，投稅、完糧、管業，概與賣主無涉。此係自產自賣，並無重疊交易，亦無勒逼，爭執、糾葛等情。如有以上事端，均歸賣主理直，不涉買主之事。恐後無憑，立此賣田杜絕文契永遠存照。

附：土地所有權狀乙紙。

立賣田杜絕人 ○○○ 印
同　　母 ○○氏 印
憑　　中 ○○○ 印
代　　筆 ○○○ 印

中華民國陸拾年元月陸日

二、出典契約—出典房屋

立約人○○○（甲方）茲將坐落×市×路×號平房一棟，出典與○○○（乙方）使用，雙方議定條款如左：

㈠甲方將前記房屋，出典與乙方，為期十年，自中華民國×年×月×日起，至×年×月×日止。

㈡典價為新台幣壹佰萬元正，於本約成立後一次付清。

㈢典期居滿，甲方以原典價交還乙方，同時乙方將原典物點交甲方。

㈣典權存續期間，乙方應負善良保管之責，如有故意或過失，致典物全部或部分滅失，應負賠償責任，倘因出於不可抗力者，應依法處理。

㈤典期居滿，甲方如不贖回典物，乙方得依法拍賣典物，抵償債務。倘乙方不履行交還原典物，應給付違約金每日新台幣壹萬元正，以賠償甲方所受之損害。

㈥典權存續期間，如乙方為使用便利，對典物加以整修時，應先徵得甲方同意，典期居滿，負責回復原狀。

㈦乙方非經甲方同意，不得將典物轉典或出租他人。

㈧本約經雙方簽字公證後生效。

立約人
出典人　○○○　印
受典人　○○○　印

中　華　民　國　×　年　×　月　×　日

三、抵押契約—抵押物品

立抵押據人〇〇〇，今將××（貨物）×件作為抵押品，挽中向〇〇〇先生處借到新台幣伍拾萬元整，三面言明，利率按年息百分之捌計算，準於陸個月內本利一併清償，將抵押品贖回。如到期不贖，聽憑銀主將抵押品按時值估價，變賣抵押，如有餘款，發還物主，如有不敷，再向原中著物主補足，決無異言。立此抵押據為證。

立抵押契據人 〇〇〇押（或章）

憑　　中 〇〇〇押（或章）

代　　筆 〇〇〇押（或章）

中華民國×年×月×日

四、租賃契約—租賃房屋

立房屋租賃契約人甲方〇〇〇乙方〇〇〇茲經雙方同意訂立本契約如下：

㈠甲方將坐落×市×路×號鋼筋水泥二樓房屋一棟租與乙方使用。

㈡租賃期限定為一年。即自×年×月×日起，至×年×月×日止。居期如甲方繼續出租，乙方有優先承租權，惟須另訂契約。

㈢前開租賃期限屆滿，甲方如欲收回自用，或乙方不再承租，應於租期屆滿一個月前通知對方。

㈣租金議定每年新台幣×元，一次先付，續租另行訂約。

㈤在租賃期內，倘房屋權等發生糾葛情事，概由甲方負責。如乙方因而遭受損害，甲方應負賠償之責。

(六)乙方應善良管理租賃物。如違反上項義務，或將租賃物毀損滅失時，應負回復原狀或按市價賠償之責。
(七)租賃期間如房屋有修護之必要，應由甲方負責修理，如乙方為居住便利或美觀而加以修飾時，必先徵得甲方同意，費用由乙方自理，租期屆滿，無條件交與甲方。
(八)租賃期間房捐地稅由甲方繳納，乙方所耗水電費由乙方負擔，在租賃期間內，乙方不得將房屋轉租或借與第三人。
(九)租賃期間雙方除法定原因外，不得終止契約。租期屆滿，乙方應遷讓房屋，不得有故意拖延之行為，否則保證人應負其責。
(十)乙方保證人，負保證賠償責任，並拋棄先訴抗辯權。本約壹式二份，雙方各執一份為憑。

訂約人
甲方出租人　○○○印
乙方承租人　○○○印
乙方保證人　○○○印

中　華　民　國　×　年　×　月　×　日

五、借貸契約—消費借貸，借錢。

立借據人○○○今因正用，憑中借到
○○○先生新台幣伍拾萬元整。言明利率按年息百分之拾計算，按月付清。限在民國×年×月×日還本，不得拖延短少，恐後無憑，立此借據存照。

中華民國×年×月×日

立借據人 ○○○ 印

中　保 ○○○ 印

六、聘僱契約—學校聘書

省立××學校聘書　　×字第×號

茲敦聘

○○○先生擔任本校教師兼××，訂約如左：

一、教授課目：國文。

二、每週授課時數：依照廳令規定應授時數。

三、薪俸：依照省府教育廳核定支給。

四、聘約期限：自×年捌月壹日起，至×年柒月參拾壹日止。

校長：○○○

中華民國×年×月×日

七、承攬契約—承攬建築工程

立承攬契約人○○○今憑中攬到

○○○先生名下建造二樓房屋一棟，一切做品、材料、式樣，另見圖說。三面議定料價工資喜金及一切俗例，一併在內，計新台幣壹佰萬元整。該款自起工日起，陸續支付，完工清結，即日動工，決不遲誤，限至民國×年×月×日完工，材料、做品、式樣，如有不合規定之處，情願改造，盈虧自行承認。並議定自完工之日起，保固×年。在此期內，如有倒塌裂陷等情，由承攬人賠修，不得加價。此係兩願，各無異言，今欲有憑，立此為據。

附房屋圖說乙冊

中　華　民　國　×　年　×　月　×　日

立承攬人：○　○　○印

保　　人：○　○　○印

八、合夥契約—多人合夥

立合夥契約人○○○（甲方），○○○（乙方），○○○（丙方），○○○（丁方），因合夥經營××加工廠議定條件如下：

一、本廠經營金定為新台幣肆拾萬元，合夥人出資數計：甲方二十萬元，乙方十萬元，丙方五萬元，丁方五萬元。

二、本廠經理由甲方擔任，綜理營業事務。

三、本廠營業決算，每年一月一日至六月末日為第一期。七月一日至十二月末日為第二期。每期終了，編造決算。

四、本廠根據一、二期決算，編造年度決算，造具左列表冊供合夥人審查。1.營業報告書。2.資產負債表。3.財產目錄。4.損益計算書。5.盈餘分配表。

五、合夥人非經其他合夥人全體之同意，不得將持有股權轉讓於第三人。

六、本廠合夥人會議，分為常會與臨時會二種。常會每月末日開會一次。臨時會遇有必要時由經理召集之。其議事規則如左：

1.經合夥人過半數之同意得以書面請求經理召開臨時會。

2.開會時由經理任主席，經理缺席，由合夥人中推選一人為主席。

3.出席合夥人過半數始能開會。

4.表決以出席人過半數為之。

5.合夥人不管股金多寡，每人均有表決權。

6.會議紀錄經出席人簽名後存查。

七、合夥人不得利用本廠名義向他人借款。

八、本廠盈餘利潤，提百分之十為公積金，百分之十為職工紅酬，餘依出額之比率分配。倘有虧損，應照出資額比例補添，以保持資本額。

九、本契約成立之日，合夥人應將出資額一次繳清，由本廠發給收據為憑。

十、本廠合夥人，應填具印鑑交本廠收存，凡領取紅利或與本廠之書面接洽，均以該印鑑為憑。

十一、本契約經簽字公證後生效。

合夥人：

甲方 ○○○ 印

乙方 ○○○ 印

丙方 ○○○ 印

丁方 ○○○ 印

中華民國 × 年 × 月 × 日

九、保證契約──就業保證書

立保證書人○○○擔保○○○君到
貴公司服務，自報到日起，如有侵佔舞弊營私偷漏等一切不良行為，本人願負賠償責任，並願拋棄先訴抗辯權。

此　致

××股份有限公司

立保證書人：○○○
住　址：
職　業：
被保人：○○○
籍　貫：
住　址：

中　華　民　國　×　年　×　月　×　日

十、繼承契約──父立分書

立分書人○○○，今因年高力衰，難以督理家務，長子○○，次子○○，幼子○○，均已婚娶，因特延請親族，將祖遺及自置田地房屋，開具清單，按照時價三股均分，俾各承受永遠為業。爾等當知創業艱難，守成不易，克勤克儉，庶幾家道寖昌，無怠無荒，然後祖風丕振，其各勉之！今立分書一式三張，授與長子○○○，次子○○○，幼子○○○，各執為憑。

計附清單一紙

立分書人 ○○○ 印

長子 ○○○ 印

次子 ○○○ 印

幼子 ○○○ 印

族長 ○○○ 印

房族 ○○○ 印

中華民國×年×月×日

十一、委任契約—委任書

立委任管理契約人○○○（以下簡稱甲方）因服兵役在營，茲委任○○○先生（以下簡稱乙方）代為管理坐落×市×路×號樓房一棟，議定條件如下：

一、乙方接受甲方委任，代為管理前記房屋，至甲方服役期滿返家為止。

二、在委任期間，乙方對管理物，除有使用及租賃權外，不得主張其他權利。

三、管理物之稅捐，由乙方先行墊繳，待甲方返家後，照數償還。

四、乙方如將管理物出租他人，可得租金百分之十為酬金，餘為甲方收益。

五、乙方對管理物有善良管理之責，倘因過失或逾越權限之行為，致管理物因而生有損害者，應負賠償責任。

六、委任期間，非經甲方同意，不得轉委他人處理管理物。

七、本約經公證後生效。

委任人 ○○○ 印
受任人 ○○○ 印

中 華 民 國 × 年 × 月 × 日

十二、贈與契約—贈與土地

素仰××學校校長

○○○先生，辦學熱心，成績卓著，本人願將所有連接該校實習農場之土地八甲，無償贈與×立××學校使用，特立此契約付受贈人×立××學校存執，並辦理土地過戶手續，計開土地目錄如下：

一、坐落×縣×鄉×段×號田三甲。

二、坐落同段×號畑五甲。

附印鑑證明及戶籍謄本各一分。

贈與人 ○○○ 印
住 址：

中 華 民 國 × 年 × 月 × 日

十三、和解契約—傷人和解契約

日前小兒○○在○○○居處喝喜酒，因飲酒過量，有失禮儀，更傷及 令郎，使我深感內疚，幸承○○○先生為之調解，又蒙

台端寬諒，今謹遵守和解條件，除由我登報公開道歉之外，並於一週內賠償醫藥費新台幣貳仟元整。敬

請嘉納

○○○先生惠執

道歉人：○○○印

調解人：○○○印

中華民國×年×月×日

十四、讓與契約—債權讓與契約

立約人○○○（以下簡稱甲方），○○○（以下簡稱乙方），○○○（以下簡稱丙方），因債權讓與，三方議定條件如下：

一、甲方於×年×月×日，貸與乙方新台幣壹拾萬元整，上項債權即日起轉讓與丙方。

二、自本約生效日起，甲乙方債之關係消滅，乙丙方債之關係發生。

三、甲乙方所訂之借貸契約及其有關權利證件，即日起甲方交付丙方收執。

四、前項貸款利息自下月份起由丙方收益。

五、乙丙兩方之權利義務悉從原約。

六、本約經公證後生效。

債權讓與人即甲方：○○○印
債權受讓人即丙方：○○○印
債務人　乙方：○○○印

中華民國×年×月×日

自我評量：

1. 何謂契約？其法律限制如何？
2. 契約的種類有幾？請說明之。
3. 契約為何須辦公證手續？
4. 契約的結構可以分為那三部分？試說明之。
5. 習作下列各契約：⑴出典房屋。⑵絶賣田地。⑶抵押。⑷租賃房屋。⑸就業保證書。⑹借錢。

第十章　規章

第一節　規章的意義和種類

我們在第一章說過：「現代是法治的時代，也就是依法而治的時代，大至國際間的交往、國家的施政、政府的制度，小至工商社團的組織、業務方針、處理程序等，都須要一定的規範和定則」。這就是說規章應該包括國際間訂定的條約，國家制訂的法規，和機關團體訂立的規則章程。而條約是由外交官去商訂的，法規有國家的立法機關去制訂，這兩種工作都要有專門的學識才可以勝任，不是我們所要討論的。現在我們所要討論的，只是機關團體訂立的規則章程而已。它的範圍比較小，意義比較簡單，所以我們才說：「凡是一個機關或團體，用書面來記載它的組織、秩序、以及治事方針和手續，而用分章分條方式列舉的，都叫做規章。」

其實規章二字，只是一個總稱而已。它的種類很多，我們不便一一詳列，現在將比較常見常用的分為下列十種：

一、**條例**。條例是行政命令中的一種法規，大都是高級行政機關，如中央的總統府，各院部會，或地方的各省市政府，所制定或核准的，它的作用在使辦事人員辦理該項事務時有所依據，不至於漫無標準。如第八章第二節所講的公文程式條例。

二、**章程**。章程是機關團體通用的規章，大都是規定一些基本的事項，如組織、權利、義務等，以及規定其全部的計畫和工作進行的程序。它對外具有表現性，對內兼有指導性。如××有限公司章程。

三、**規則**。規則也是機關團體所通用的，它的功用在規定應該做及不應該做的事項，具有紀律性。它純粹是用在對內部的約束，也就是上對下要整飭風氣，維護秩序的要求。如圖書館閱覽規則。

四、**規程**。規程兼有規則和章程的作用，它在規定其計畫及工作的進行程序之外，也規定了進行時應該做和不應該做的種種事項。規程大都是機關團體為了某一件特定的事情而制定的，它具有表現性、指導性和紀律性。如司法院解釋及判例編輯委員會組織規程。

五、**規約**。規約又叫「公約」，是由同一機關團體中的人員，立於平等的地位而訂立出來共同遵守的規條，它具有約束性。如學生生活公約。

六、**簡章**。簡章和章程的性質相同，是把章程的重要條文，摘取出來，用簡單的文字，編成簡單的章則，可以說是章程的摘要。如××織造廠招商代理經銷產品簡章。

七、**細則**。細則是將規則或條例中所載的事項，用詳細的文字，寫成更周密的條文，逐項說明其施行手續。所以細則可以說是規則和條例的詳解。細則又可以分為施行細則和辦事細則兩種。如××工廠營業部辦事細則。

八、**綱要**。綱要也可叫做綱領或大綱，是把某種事項，提綱挈領，做一個概括的規定，側重在重大條款，而不說及瑣細項目。它和細則剛好相反。如中華民國人口政策綱領。

九、**辦法**。辦法是針對某一種事件，直接指示其辦理的方法。凡各種規章裡規定有施行事項的，而在規章中没有訂明詳細辦理方法的，都可以另訂一個辦法。如 國父遺像張設辦法。

十、**須知**。須知和辦法有相輔的作用，凡是要使人對於某一事項的程序和辦法知道如何去遵守的，都可以訂立須知。如學生社團借用樂群堂須知。

以上這十種都是比較常見重要的，此外還有什麼程序，學則、通則、準則、要點，注意事項等，都不外是因事制宜、自定名稱的，我們不必一一列舉。只要把這十種的性質作法弄清楚，便可以舉一反三，應付自如了。

第二節 規章的作法

規章的種類很多，它的名稱和作用各不相同，所以編製寫作的方法就不能一成不變了。雖然如此，但是各種規章還是有一些共同的地方，現在提出來說明一下，作為寫作規章的參考。

一、**確定名稱**。製作一份規章，必定有它的必要，就根據這個理由，便可以想到每一規章的名稱，應該包括下列四項要素：1.制定的主體。2.施行的效用。3.效用的範圍。4.規章的類別。如「訓導處管理寄宿生規則」，「訓導處」是制定的主體，「管理」是施行的效用，「寄宿生」是效用的範圍，「規則」是規章的類別。雖然並不是每一個規章都必須具備這四項要素，但是總不能超出這些範圍。寫作規章時，先要把名稱寫好，然後再寫內容。定名稱時，字數不要太多，要用很少的字籠罩全部，使人看了能了解而不嫌累贅，同時音節也要響亮，使人聽了便有深刻的印象。

二、**分配章節**。規章的內容，最重要的是要層次分明，所以在形式上便要有章節的分配。要做到一條一條，一項一項，上下銜接，逐層推進。最普通的是分為章、節、條、款四級。最多的分為編、章、節、目、條、項、款七級。最少的只用條一級。不管如何分法，一定要看事實需要，既不可以勉強求多，也不可以勉強求少，總要分配得當才好。如果是用章節條款四級來寫規章的話，那麼各章內數字，便要自成起訖。例如全部分為七章，就從第一章到第七章，每章又分為若干節，節的數字便依章為起訖，如第一章分四節，便是從一到四，第二章分三節，便是從一到三。每節又分為若干條，條便不依章節而自為起訖了，也就是說要從第一章第一節第一條起，直到第七章最後一條，一條一條的連下來，不因章節的分劃而另起。款是條裡面的分條，它的數字依項為起訖，只有一項的，便依條為起訖，這就是一般的規定。

三、**布置結構**。一般章則的結構，大體可以分為三部分：1.總則。2.分則。3.附則。凡是規章的根據、定名、宗旨，以及會址等，大都列在總則部分。各種特殊事項，如會員、組織、職權、任期、會期，以及經費等，大都列在分則部分。本規定通過、公布、施行、修正手續，大都列在附則部分。不過所謂總則、分則和附則等字樣，並不一定標明出來，只要按這三種性質，依次編列就行了。

上面所說的是就人民團體的章程之類而言，再抽象一點說，就是結構方面，要看事實的先後，分量的輕重，來安排次序，把全部條文中可以籠罩其餘的條文的列在前面，其餘的次之，這就是總則部分的內容。把事實發生在前，以及比較重要的條文列在前面，其餘次之，就是分則的內容。規章的通過及修改等手續，照例都是列在後面，這就是附則的內容。在寫作時，要先行衡量一番，按照這個次序排列下來，就不會有什麼差錯了。

四、**撰擬條文**。這是寫作規章的實際工作，也是最要注意的一部分，現在提出四點，以供參考。

㈠根據法規。規章的性質相當於法律，因此規章本身一定要有法律的根據，所以一般規章，在開始時就先把本規章根據的法規予以載明。引用法規時，一定要引用現行的，而且確切足為根據的才行，如果沒有明文規定可以引用，但至少要不違背現行的法令。

㈡思慮周密。規章的作用，在規定辦法，俾眾遵循。所以一切有關事項，都要面面俱到的詳加考慮，逐一規定，如有什麼列舉的事項，更要體驗事實，把可能發生的情況都舉出來，不可有所遺漏。

㈢條理清楚。前面說過，布置結構要權衡輕重，排定次第先後，乃是對全部規章的大體而言，撰擬條文時更須要注意這一點，同時每條之中，要使上下自成段落，不要叫甲條和乙條牽連相混，只能一層深一層，一層細一層，前後相承，萬不可相犯。

㈣文字明確。規章既有法律的性質，文字便要力求簡明確切，不必要求典麗，只要使人一目了然，便於記憶就行了。要直書事實，無須說明理由，因為規章文字不宜於太長，故應在周密中求簡明。其次，規章是具有強制性的，要使有關的人受約束，語氣一定要肯定。

第三節　規章的用語

規章是具有法律性的文件，所以有它固定的用語，不容任意變更。現在分別舉例說明如下：

一、「凡」。是概括一切而言。如例參：凡本校教職員學生均可入館閱讀。

二、「須」「應」。是必須或應該的語氣，都是表示肯定的。如例玖：張設　國父遺像，須擇正中適當之地點。凡團體或機關之禮堂會議廳或其他公共場所，均應張設　國父遺像。

三、「得」。是可以的意思。如例貳：本章程有未妥事宜，得由董事會議決定修改，提交股東大會通過實行。

四、「不得」。是得的反面，有硬性規定不可以的含意。如例玖：張設 國父遺像之地點，不得夾設其他污褻物件。

五、「均」。凡是幾種情形而生一種結果的用「均」。如例參：凡本校教職員學生均可入館閱讀。

六、「各」。指多種單位或多種不同情形的用「各」。如例貳：本公司分設下列各部……。

七、「但」。表示例外的意思。如例柒：星期日及例假休息；但遇特殊情形時，應加班工作。

八、「除……外」。這是原則以外的例外規定用的。如例柒：營業部各職員執行職務，除遵照本廠組織章程的規定外，適用本細則之規定。

九、「並」「及」「或」。凡事之同時並行者用「並」。如例拾……填申請表一份，並須加蓋各種社團印鑑……。「及」是指一種事物或另一種事物相聯結的關係。如例貳：公議業務進行方針及關於公司全體重大事件。凡事物不必兼備者用「或」。如例玖：凡團體或機關之禮堂會議廳或其他公共場所……。

十、「經」「由」。凡職權屬於某一特定人物或機關的用「由」，而屬於別一人物或機關的用「經」。如例捌……經公立或經政府指定之醫療機構檢查證明。及例肆：其人員由主任委員就本院及所屬機關之人員調用之。

十一、「應即」。是指時間上的用語。如例拾……遇有重大事故需用時，一經通知借用人，應即無條件讓出，不得稽延。

十二、「特」。表示特殊。如例柒：本廠為使營業部工作整齊劃一，增進營業效率起見，特定本細則。

第四節 規章實例

現在按照規章的種類各舉一例如下：

壹、條例

公文程式條例（略）請見第八章第二節。

貳、章程

○○○股份有限公司章程

第一章 定名

第一條 本公司定名為○○股份有限公司

第二章 業務

第二條 本公司專營農產加工業務。

第三條 本公司兼營農產運銷業務。

第三章 股份

第四條　本公司股份額定為新台幣壹佰萬元，分為壹佰股，每股壹萬元。

第四章　組　織

第五條　本公司設董事七人，組織董事會，監督本公司執行業務。董事由股東大會選舉之，任期三年，期滿更選，連選得連任。

第六條　本公司設總經理一人，協理二人，督率全體人員執行業務。

第七條　本公司分設下列各部

一、××部：專任××事宜。

二、××部：專任××事宜。

第五章　會　議

第八條　本公司股東大會，每年七月舉行一次，報告業務狀況及營業盈虧，由董事會議定日期，通函及登報召集之。

第九條　本公司董事會每月舉行一次，公議業務進行之方針及關於公司全體重大事件。

第六章　盈　利

第十條　本公司盈餘按十成分配，以二成為公積金，其餘股東得五成，總經理及協理得一成半，全體辦事人員合得一成半。於每年年度終了後一個月內按股發給之。

第七章　附　則

第十一條　本章程有未妥事宜，得由董事會議決修改，提交股東大會通過實行。

參、規　則

本校圖書館閱覽規則—國立台灣師範大學

一、凡本校教職員學生均可入館閱覽。
二、閱覽時間，除例假及寒暑假期內另行規定外，暫定每日上午八時至晚十時。
三、凡入室閱覽雜誌報章，務請閱後仍置原處，切勿任意攜出。
四、參考書及新到之雜誌報章概不借出館外閱覽。
五、閱覽時，務請保持肅靜，注意清潔，請勿隨地拋棄紙屑。
六、入室時請脫帽，並勿穿木屐。
七、閱覽人請勿在室內吸煙、吃零食及高聲談笑。
八、取用目錄卡盒後，請仍置原處。
九、借閱圖書、雜誌、報章，請勿剪裁污遺。
十、本規則經校務會議通過後公佈施行。

肆、規　程

司法院解釋及判例編輯委員會組織規程

第一條　本院為編輯解釋及判例，設解釋及判例委員會（以下簡稱本會）。
第二條　本會置主任委員及副主任委員各一人，主任委員由最高法院院長兼任，副主任委員由司法院秘書長兼任，委員若干人，由院長就本院及所屬機關高級職員遴派兼任之。

第三條　本編輯解釋及判例，得由主任委員指定委員三人至五人，專負稽核分類之責。

第四條　本會置總幹事一人，幹事若干人，雇員若干人。其人員由主任委員就本院及所屬機關之人員調用之。

第五條　本規則自院會公佈之日施行。

伍、規約（公約）

○○學校教師服務規約

一、教師應修己崇德、敦品勵行，清高純正，熱誠服務，具強烈之國家民族意識，服膺三民主義，恪遵教育宗旨及教育法令：茲依據教育人員有關服務法令，發揮愛心、耐心和信心，因材施教，諄諄善誘，成為學生之楷模，優良之師表。

二、教師所任課程及時數，均依照有關法令規定辦理。非經校長同意，不得在校外兼課。專任教師不得在校外兼任任何職務。

三、教師對於教學，應充分準備教材，採用適當教法，注意教室管理，認真批改作業，加強平時考查，並確實輔導學生之實驗或實習。

四、教師有兼任導師及行政職務之義務，並有同負全校學生訓導之責任。對學校委辦事項（如評量輔導、社團活動指導等）應確實善盡職責。

五、教師有參加公務人員保險，省府福利互助及教職員婚喪節約互助之義務。

六、教師不得私自為本校學生收費補習、誘使學生參加校外補習，或巧立名目向學生收取費用及推銷書刊用品等情事。
七、教師每天在校至少七小時，應依規定簽到或簽退，並應出席各項慶典、週會、升降旗、及各種有關會議，及履行會議之決議。
八、教師差假悉依教職員勤惰差假管理辦法及有關規定辦理。
九、學校應於新學年度（學期）開始前，以妥善方式，將聘書送達教師。教師接到聘書後，應於一週內填妥應聘書送交本校人事單位，逾期視為卻聘論。
十、教師在聘約有效期間不得中途離職，如因故必須辭職者，應於一個月前商得校長同意，辦妥離職手續後始可離校。雙方對來年聘約若學校不予續聘或教師不願應聘者，均應於原聘約居滿一個月前通知對方。
十一、教師如有臺灣省縣市立各級學校教職員遴用辦法第四十五條、四十七條各款規定情形之一，經查明屬實者，應即解聘。如不履行本服務規約或違反政府法令者，按規定議處解聘或追訴。
十二、本聘約未盡事宜，概依照有關法令辦理。

陸、簡　章

×× 織造廠招商代理經銷產品簡章

一、本廠為推廣營業，特於本省繁盛縣市，招商代理經銷各項產品。
二、代理處須覓有相當資本經本廠認為合格之商店為擔保，並簽訂代理合約，俾資共同遵守。如廠方查覺擔保商店因營業失敗喪失其擔保能力時，得通知其代理處，另覓殷實商店擔保，重新訂立合約。

三、代理期間暫定為一年，中途不得退約，期滿經雙方同意者，得繼續訂約代理。

四、凡經取得本廠出品代理經銷權之代理處，不得再兼代理他家同樣貨品之經銷，以免混淆。

五、代銷品付出之捐稅，運費由廠給與，其係退回者，由代理處負擔。

六、各項貨品售價，由廠按照市情訂定售價表，發交代理處代售，代理處不得任意加價。

七、代理處售出貨品無論其為現售，賒售，均應開立統一發票，並另以副單彙送本廠，以憑記帳。

八、代理處銷售物品須另印帳簿，不得與該代理人之其他營業帳目相混，俾便稽核。

九、代理處銷售貨品應於每月十日之前，將上月銷售數造具售貨明細表，送廠查閱。

十、代理處經售貨款，須按月掃數匯廠，不得積存拖欠，但因特別情形不能匯寄而經本廠允許者，不在此限。

十一、代理處銷賸貨品除霉濕壞爛者外，得照價退回本廠。

十二、代理佣金規定如左：

1.××類百分之二十。

2.××類百分之十五。

3.××類百分之十二。

十三、代理處賒售貨品應負完全責任，如被拖欠，概由該代理處償付。

十四、本廠為明瞭該代理處推銷情形，及帳款實況，得隨時派員查詢之。

柒、細則

××工廠營業部辦事細則

第一章 總則

第一條 本廠為使營業部工作整齊劃一，增進營業效率起見，特訂定本細則。

第二條 營業部各職員執行職務，除遵照本廠組織章程規定外，適用本細則之規定。

第二章 辦公時間及膳宿

第三條 營業部辦公時間每日由上午八時起至十二時止，下午二時起至六時止，星期日及例假休息，但遇特殊情形時，應加班工作。

第四條 營業人員須一律在部膳宿，非經核准，不得擅離職守。

第三章 貨品管理

第五條 營業部領取銷售品，除定製品外，須填具銷售提取單，呈送經理發交成品管理員，將貨品送部。

第六條 營業部收到成品管理員送來之銷售品時，如點收無誤，應即填發收貨回單，俾作憑證。

第七條 陳列貨品應列於適當之當眼處，以整齊美觀為目的，不得任意亂置。

第八條 營業部貨品各營業人員應隨時加意管理，如有遺失，須負賠償責任。

第四章 招徠

第九條 營業員工對於顧客應以誠懇態度招待，不得傲慢失禮，顧客如有詢問時，必須詳細解答，不得推諉。

第十條　營業部對於產品市情，應隨時調查報廠，並設法招徠顧客，以利推銷。

第五章　銷　貨

第十一條　貨品之出售，無論其為現估，賒銷或批發，均須開立統一發票，以備記賬。

第十二條　顧客定製之貨品，應隨時將定貨單送請製造部製交成品管理員送部收售。

第十三條　承接定製貨品，其須估價者，應即通知製造部開具估價單，送經理核定，發部辦理。

第十四條　凡賒售貨品在五千元以下者，須得主任之許可，五千元以上者須得經理之許可，方得賒售。

第六章　貨款收付

第十五條　每日營業收入現金，應備送款簿於翌日解廠，不得積留以利週轉。

第七章　記　帳

第十六條　營業部營業帳表之記載，由駐部之會計助理員，根據發票按日處理之。

第十七條　每日上午應將上日銷售情形編造產品銷售日報表，送經理核閱。

第十八條　貨品收付數量，應按月填造登記表存部，以備盤對。

第十九條　收入顧客定貨預交之款，應由營業經手人登記於定金登記簿，以備查考。

第八章　附　則

第二十條　本細則如有未盡事宜，得隨時呈請修改之。

第廿一條　本細則經總經理核准後施行。

捌、綱要（或稱綱領、大綱）

中華民國人口政策綱領

茲為求人口品質之提高，人口之合理成長，國民健康之增進，與國民家庭生活之和樂，訂定人口政策綱領如次。

壹、總　則

一、實施優生、保健，增進國民身心健康，並維護家庭制度，以期人口品質之提高，與家庭生活之和樂。

二、倡導適當生育，減少疾病災害死亡，以期人口之合理成長。

三、訂定國土計畫，調整城市與鄉村及國內區域間之人口密度。

貳、人口品質

四、增進兒童福利，提高教育水準，發展國民體育，改善國民營養，以提高人口品質。

五、辦理婚前健康檢查，以防止患有惡性遺傳、傳染惡症或遺傳性精神病者之傳播。

六、懷孕婦女或其配偶患有惡性遺傳，或傳染疾病，或遺傳性精神病，或因疾病及其他防止生命危險，經公立或經政府指定之醫療機關檢查證明確有必要者，得請求施行人工流產。

七、凡患有惡性遺傳或傳染惡疾或遺傳性精神病者，或因疾病及其他防止生命危險之必要，男女雙方或一方，得由公立醫療機構施行結紮手術。

八、厲行一夫一妻制，維護家庭制度，發揚倫理道德，以期家庭生活之美滿和樂。

九、倡導以男滿二十歲，女滿十八歲，為適宜之結婚年齡。

參、人口數量

十、國民得依其自由意願，實行家庭計畫，政府對於家庭計畫之推行，應另訂實施辦法，予以扶助。

十一、普遍設立衛生醫療機構，加強防止疾病，以減少人口之死亡。

十二、結婚已達相當時期，未生育子女而患有不孕病之男女，向公立醫療機構就醫者，得請求減免其費用。

肆、人口分佈

十三、依據國土計畫，開發資源，加強經濟建設，以導致人口之合理分佈。

十四、訂定移民方案，實施國內區域間人口有計畫遷移，並輔導國外移民。

十五、普遍推行社區發展計畫，增進鄉村就業機會，促成城市與鄉村之均衡發展。

十六、配合經濟建設，增進國民生產技能，實施職業訓練，改進就業人口之行職結構，以期人力之有效運用，並謀國民所得之提高與均衡。

伍、附　則

十七、本綱領由內政部設人口政策委員會策畫推行，並設人口研究機構，發展人口科學之研究。

十八、凡依本綱領第六、七條之規定，由公立醫療機構施行人工流產或結紮手術，其家境困難者，得減免其費用，其標準另訂之。

十九、本綱領所定事項，凡須以法律定之者，另以法律定之。

二十、本綱領之實施地區，另以命令定之。

玖、辦　法

國父遺像張設辦法

民國卅七年九月十三日內政部製定
同年九月三十日總統府公報公布

一、張設　國父遺像之地，務須光明潔淨。
二、張設　國父遺像，須擇正中適當之地點。
三、凡團體或機關之禮堂會議廳或其他公共場所，均應張設　國父遺像。
四、各種集會會場均須於主席台之上方設置　國父遺像。
五、國民景仰　國父者，其住宅亦得於廳堂張設　國父遺像。
六、張設　國父遺像之地點，不得夾設其他污褻物件。
七、非上列地點，一律禁止張設　國父遺像。

拾、須　知

本校學生社團借用樂群堂須知—國立台灣師大

一、本校樂群堂會議室、交誼廳等係專供各學生社團舉辦各種活動之用。
二、凡經學務處核准有案之學生社團，均須發社團登記證，各社團可憑社團登記證向學生活動中心申請借用樂群堂，無社團登記者一律不准借用。
三、凡在本校登記有案之學生社團，借用樂群堂不收任何費用。
四、本校各學生社團，如舉辦各種活動欲借用樂群堂時，須先到學生活動中心辦公室領取學生社團借用樂群堂申請表，並查閱欲借用之時間有無其他學生社團借用，如時間不衝突即可填申請表一分，並須加蓋各該社團印鑑，交由學生活動中心簽註意見，呈報訓導處批示後，即由學生活動中心填寫學生社團申請借用樂群堂通知單，送原申請社團，該社團可憑通知單使用樂群堂。

五、各學生社團借用樂群堂，凡經訓導處批准，如因故停用或改期借用，必須向學生活動中心辦理停用及改期借用手續，如私自轉借或使用時與申請表所填用途不符，一經發覺即停止使用，並報請訓導處議處。

六、各學生社團每學期借用樂群堂之次數雖無限制，但因本校學生社團為數甚多，每一社團借用次數不可太多，以免影響其他社團活動。

七、學生社團借用樂群堂如學校臨時遇有重大事故需用時，一經通知借用人，應即無條件讓出，不得稽延。

自我評量：

1. 什麼叫做規章？可以分為那幾種？
2. 規章的作法如何？
3. 習作下列各種規章：

①工廠員工生活公約。 ②××公司章程。

③學校游泳池使用規則。 ④××工廠招考司機簡章。

第十一章 對聯和題辭

第一節 對聯和題辭的意義種類及用處

對聯是表達稱頌贊美或鼓勵的意思而講究對仗聲韻的文字。它的起源是由於新春的門聯擴大了用途而來的。古代新年，門上只有桃符而沒有門聯。桃符就是用兩塊桃木釘在門上，畫神荼鬱壘兩個神像，俗稱門神。到了五代蜀主孟昶時，有一次除夕他叫人在桃符上題兩句話，結果都嫌題得不好，於是他便親自題了「新年納餘慶，佳節號長春。」這幅對聯，新春的門聯便由此而起了。後來人們把門聯的用途擴大了，便成了今日的對聯。它可以用來點綴居室，投贈親友，也可以用到慶弔方面，還可以用來促進個人的文學修養，更可以用來測驗別人的國學程度。因為對聯要講對仗聲韻，還要懂得成語專名，這些都可以促進個人的文學修養，同時也可以測知別人的國學程度。

對聯的種類，就篇幅來說，可以分為長聯和短聯，大概是每邊在三句以上的叫長聯，三句以下的叫短聯。若從用途方面來分，較常用的約可分為七大類。

一、**慶賀類**。包括壽誕、婚嫁、生育、新居、畢業、陞遷、開張、令節等。在壽誕裡，又有男壽、女壽，各界應用，親戚應用，師友應用等不同。婚嫁裡有各界應用，及按季、按月和嫁娶等不同。生育裡有生男、生女、抱孫等不同。新居裡有落成和遷居等不同。畢業有各級各種學校的不同。陞遷裡有文武職別，和初任升補的不同。開張裡有各類的不同。令節裡有年、節、紀念日等的不同。

二、哀輓類。包括輓人，自輓，和墓聯。輓人的有男女別，界別、同族、親戚、師友、按年、按月等的不同。自輓用得很少，大都是文人的遊戲，故作曠達或玩世之語。墓聯用的也不多，大都是籠統浮泛的對文。

三、商業類。包括各種行業和嵌字應用兩種。嵌字就是把商號的名稱，分別嵌在上下聯裡，或者嵌姓嵌名都行。

四、會館類。包括按地和分業兩種。

五、祠廟類。包括宗祠、神廟、佛寺、道觀各種。

六、第宅類。包括家宅和園墅兩種。家宅是指住宅之內，各處各室，所應用的對聯。園墅是花園、別墅、山莊、水榭、亭閣、板橋、畫舫等。這些都是點綴用的，也是對聯最大的領域。

七、題贈類。包括各地名勝和投贈親友兩類。

至於題辭，就是用簡單的語句，題在匾額、幛軸、鏡框、銀盾、或錦旗之上，以表達稱頌或贊美的意思。它以頌揚贊美為主，可以說是從頌贊箴銘變化而來的，但有時候也寓有警戒或鼓勵的意思，如老師們題學生的畢業紀念册，便是頌勉兼施的。所以我們可以說題辭兼有兩種作用：一是頌揚；二是勉勵。

題辭的種類大約可以分爲三類。

㈠**幛語**。幛語是題在喜幛、壽幛、或輓幛上的幾個字。一般的社會習慣，親友家裡有了喜事，便送一幅紅綢或花緞的幛軸去做賀禮，要是有了喪事，也送一幅藍綢或藍緞之類的幛軸去做喪禮。因為這樣比作一幅喜聯或輓聯來得省事，而且在物質上也比較隆重，所以社會上各階層都很通行。同時為了使對方掛起來容易識別，便用合式的紙條書寫上下款，再用四塊方紙寫四個大字，這便叫做幛語。喜事用紅紙字，或用金紙剪字，喪事用白紙寫。

㈡**題像**。題像可以分為兩部分，一是像贊，一是題像。像贊是指訃聞前面死亡者遺像上面的題辭，有時是簡短的駢文，有時是四句或六句的四字句文章，也有只寫「○○○先生遺像」的，現在用的很少。至於題像，就是題人家的畫像，因為從前照相技術未發明，要請傳真妙筆來畫像並不容易，所以才要請人題上幾句，現在照像方便又便宜，所以幾乎沒有人再題像了。

㈢**一般題辭**。是指壽幛、喜幛、及輓幛以外，一般的題辭。如題畢業紀念册，題書籍封面，題匾額，題各種錦旗等都是。這方面的題辭，只要認清對象，知道寫作方法，便能隨時應用。

第二節 對聯和題辭的作法

壹、對聯的作法

陳含光先生在聯話序中說：「作聯之事至難，其四言偶句駢文也；五七言句詩也；三字及畸零不整之句詞也；貫以迴旋轉折之句，而以語詞，語助詞參錯其間，以行其氣者，古文也。篇成而各自為聲調者曲也。非兼工此數者，則不能為聯。故世往往有稱為文人而終身不解作聯語者，蓋其難如此。」由此可見，要作好對聯是多麼難呀！要作好一幅對聯是難，可是要作得通，作得像，並不太難。現在把作對聯的基本方法簡單說明如下：

一、**辭意貼切**。這是作對聯的基本原則，要認清對象，把握題旨，然後再動筆造句，白描也好，借用典故也好，都必須要與對象有密切的關係，力求貼切。如替甲祝壽，一定要作到甲才能用，別人不能用；或贈給乙的，一定要乙拿去掛上，才合身分，這樣才是上品。假使人人都可用，那就沒有什麼意思了。

二、**對仗工整**。對聯和駢文律詩一樣，以講究對仗為特色。四六文和律詩的對子，只是兩句或三四句意思聯貫在一起，而聯語卻每聯必須連貫，就是十句二十句的長聯，每聯的意思也非聯貫不可。一面要求文義聯貫，一面還要對得工整，這在技術上比駢文和律詩還要更上一層。這可以先從每個字的詞性著手，推而至於一句，一聯，全聯，便不會有什麼差錯了。對仗是上下兩聯的虛實字要相對，也就是名詞對名詞，動詞對動詞，形容詞對形容詞。如王維的「明月松間照，清泉石上流。」明、清都是形容詞。月、泉，松、石，都是名詞。上、間都是介詞。照、流都是動詞。這種對仗的方法是正格，在原則上應該如此。但有時候為了事實的需要，也可以變通變通，因此便產生了變格。變格常用的有兩種：

1.就對。就對就是每邊各自為對，如九江琵琶亭的對聯：「聚散總前緣，最相宜明月一船，清風兩岸。古今幾名士，合共喝大江東去，秋雁南來。」這裡一對兩，東對南，都是本邊相對的。

2.借對。借對就是詞性相同的，雖物質不同，也可以借用字音來相對。如劉禹錫的陋室銘：「談笑有鴻儒，往來無白丁。」鴻字和白字都是形容詞，詞性相同，而鴻又與紅同音，所以借來對白字。紅白都是顏色的形容詞，是正格的對仗。

三、**聲韻和諧**。一般韻文的定律是：平開仄合，仄放平收。對聯也一樣，一邊不論幾句，每句末尾一字，都要和另一邊的互分平仄。如上聯第一句平，第二句平，第三句仄，下聯就必須第一句仄，第二句仄，第三句平，這樣合聯才能諧調。每句當中，平仄也要調協，上下聯都一樣。如上聯某句用平開仄合，下聯便要仄放平收，嚴格的說，上下兩聯應該每個字都平仄相偶，才算工整。不過有時為事實所限，不能過於考究格律而以辭害意，所以也引用做詩的說法：「一三五不論，二四六分明」來作為變通的辦法。但是要是五字句的話，那麼最後一個字便要平仄相對分明，而不能不論了。

要想平仄調協，便先要了解字的四聲，平上去入。平聲本來還可以分為陰平陽平，不過在對聯裡不必再細分了。通常以上去入三聲為仄聲，陰平陽平為平聲，在國語發音中，陰平是第一聲，陽平是第二樣，上是第三聲，去是第四聲。入聲字在國語發音中被分配到平上去各聲之中，國語發音沒有入聲的讀法。平聲的符號是「—」，仄聲的符號「｜」。

在四言的句子中，如「中央宛在，一半勾留」（——｜｜，｜｜——），這是平開仄合，仄放平收的正格。又如「文章華國，詩禮傳家」（———｜，—｜——），便是一三不論的變例。

在五言的句子中，如「雅量含高遠，清言見古今」（｜｜——｜，——｜｜—），是正格。又如「詩書得古趣，風月暢真情」（——｜｜｜，—｜｜——）便是一三不論的變例。

在六言的句子中，如「大抵浮生若夢，姑從此處銷魂」（｜｜——｜｜，——｜｜——），是正格。又如「竹雨松風梧月，茶煙琴韻書聲」（｜｜———｜，———｜——），是一三五不論的變例。

在七言的句子中，如「居無俗客人疑古，架有奇書手自刪」（——｜｜——｜，｜｜——｜｜—），是正格。又如「逸情老我書千卷，淡意可人梅一窗」（｜—｜｜——｜，｜｜——｜｜—），是一三五不論的變例。

一般造句，都是從四言到七言。一字句，二字句，或三字句也所在多有，不過那就更簡單了，只要平仄相對就行了。我們寫作對聯，最好用正格，讀起來才順口，音調才能鏗鏘悅耳。

四、語句自然。上面所說的對仗和聲韻，是對聯必要的條件，就因為是必要的，所以難免有許多拘束和顧忌，在作對聯時，既要顧對仗，又要顧聲韻，分明是一句成語，用來非常適合，但顧了對仗和聲韻便不對了，不得不拿來改裝，這樣反而弄得語意晦澀而不自然了。因此，必須在對仗既工，平仄又調的條件下，力求語句通暢流利，圓熟生動。上下兩聯，一定要上呼下應，造句不濡滯，用典不堆砌，才能算是一副好對聯。同時作對聯最忌合掌，要上聯是一個意思，下聯另立一個意思，就是分成正反兩面的意思也可以。此外不宜過於瑣細，而顯出小家子氣，字句也不宜過長，而使氣韻乏力不繼，遣辭也不宜過於寬泛，而失去貼切。

貳、題辭的作法

寫作題辭要注意下列三點：

一、取材務要適當。這個首先要認清對象，對那一種事用那一類的詞句，同時還要注意對方是什麼人，他的身分、年齡、職業、和關係等，都要顧慮到，然後貼人貼事，用一個適當的句子。否則不但會鬧笑話，而且使接受的人感到不快，反而失去了應酬的意義。

二、音節務要和諧。題辭是一種近於文學的簡短文章。一面要求貼切，一面要求優美，而聲韻和諧便是優美的一種。同時題辭只是簡單的語句，如果只有四個字，便沒有其他的句子來陪襯，就非本句能站得住不可了。所謂和諧就是平仄協調。這同作對聯一樣，要「平開仄合，仄起平收」。以四個字為例，頭兩字用平聲，後兩字便要用仄聲，如果上面兩字仄聲，下面兩字便要用平聲。如「和諧鳳侶」（－－｜｜），便是平開仄合。又如「福祿鴛鴦」（｜｜－－），便是仄起平收。有時也適用「一三五不論」的原則，對第一第三兩字給予變通。如「宜室宜家」（－｜－－），第一個字應為仄聲，變通為平聲。又如「輝騰聯璧」（－－－｜），第三字應為仄聲，變通為平聲。總之，一三兩字可以變通，二四兩字一定要平仄分明。這樣句子才能婉轉抑揚，聲韻和諧。

三、措辭務要雅馴。詞句雅馴，也是優美的一種。雖然幛軸之類的東西，不過臨時掛掛而已，但總以使人看著能起美感才好，至少掛起來要叫人看了不搖頭才行。何況有的題辭是有永久性的，詞句更非雅馴不可了。同時也不要標新立異，故意用些新名辭，為時髦而失去雅馴。

第三節　對聯和題辭實例

壹、對聯實例

對聯的實例太多，為了篇幅的限制，只能將常用的慶賀、哀輓及楹聯各舉數例如後。

一、慶賀類

1. 賀結婚

(1) 鴻案相莊百年偕老。鳳占叶吉五世其昌。（通用）

(2) 齊家典則存三禮。經國文章在二南。（通用）

2.賀壽誕
(1)福祿歡喜長生無極。仁愛篤厚積善有徵。(男壽通用)
(2)西望瑤池降王母。南極老人應壽昌。(女壽通用)

3.賀生育
(1)奇表稱犀角。清聲試鳳雛。(生子)
(2)中郎有女傳家業。道蘊能詩壓弟昆。(生女)

4.賀新居
(1)何須玉宇瓊樓,方稱傑構。即此德門仁里,便是安居。(新屋落成)
(2)黃菊移來三徑好。綠楊分作兩家村。(遷居)

5.賀開張
(1)五湖寄跡陶公集。四海交遊晏子風。
(2)貨殖無私遵子貢。生涯有道效陶朱。

6.賀節日
(1)一元肇始。五族共和。(元旦)
(2)一德一心,與民更始。十月十日,其命維新。(雙十節)

7.賀大學畢業
洋洋乎大觀,中外貫通,望重士林跨獨步。

恢恢有餘裕，古今融會，聲蜚學界冠群英。

二、哀輓類

1. 輓男喪

(1) 天不遺一老。人已足千秋。

(2) 大雅云亡，空懷舊雨。哲人其萎，悵望高風。

2. 輓女喪

(1) 壼範垂型，賢推巾幗。務星匿彩，駕返蓬萊。

(2) 夢斷北堂，春雨梨花千古恨。

機懸東壁，秋風桐葉一天愁。

3. 輓政界喪

(1) 風流江左思安石。夢幻人間悟漆園。

(2) 政績應書循吏傳。謳歌早勒去思碑。

4. 輓軍界喪

(1) 大樹風高萬人敵。將軍星殞一天寒。

(2) 天上大星沉，萬里雲山同慘淡。

人間寒雨迸，三軍笳鼓共悲哀。

5. 輓學界喪

(1) 西河留教澤。東壁隕文光。

(2)有德有言，後生足式。斯人斯疾，天道寧論。

6. 輓商界喪

(1)明哲云亡，空懷端木。典型足式，悵望陶朱。

(2)何嘗較及錙銖？託跡市廛，惟存忠厚。

自爾望崇山斗，韜光闤闠，亦著經綸。

7. 輓師友喪

(1)大道為公，徒存手澤。因材施教，頓失心傳。（業師）

(2)絳帳同親，三載下帷真刻苦。

玉樓遽召，一朝分袂最淒涼。（同學）

三、楹聯類

1. 大門用聯

(1)文章華國。詩禮傳家。

(2)立德齊古今。藏書教子孫。

2. 廳堂應用聯

(1)天地間詩書最貴。家庭內孝悌為先。

(2)立德立言，居之以敬。友直友諒，尊其所聞。

3. 書房客廳應用聯

(1)友天下士。讀古人書。

(2)居無俗客人疑古。架有奇書手自刪。

4.内室應用聯

(1)琴瑟春常在。芝蘭德自馨。

(2)珠簾夜捲邀明月。繡闈春深護彩雲。

貳、題辭

題辭的對象複雜，不易一一列舉實例，現在按慶賀類及哀輓類各舉數例以供參考。

一、慶賀類

1.賀新婚

(1)百年好合 (2)天作之合 (3)琴瑟友之 (4)鸞鳳和鳴

2.賀嫁女

(1)子歸協吉 (2)妙選東床 (3)之子于歸 (4)祥徵鳳律

3.賀生子

(1)天賜石麟 (2)熊夢徵祥 (3)鳳毛濟美 (4)堂構增輝

4.賀生女

(1)明珠入掌 (2)弄瓦徵祥 (3)綠鳳新雛 (4)輝增綵帨

5.賀男壽

(1)星輝南極 (2)椿庭日永 (3)南山同壽 (4)天保九如

6. 賀女壽
(1)瑤池春永 (2)婺彩星輝 (3)萱堂日永 (4)瑞凝萱室

7. 賀雙壽
(1)天上雙星 (2)弧帨齊輝 (3)酒介齊眉 (4)椿萱並茂

8. 賀遷居
(1)里仁為美 (2)鶯遷喬木 (3)德必有鄰 (4)鳳振商岡

9. 賀新居落成
(1)美奐美輪 (2)昌大門楣 (3)君子攸居 (4)竹苞松茂

10. 賀開張
(1)鴻圖永啓 (2)陶朱媲美 (3)駿業宏開 (4)近悅遠來

二、哀輓類

1. 輓
老年男喪：(1)老成凋謝 (2)大雅云亡 (3)南極星沉
中年男喪：(1)人琴俱杳 (2)哲人其萎 (3)典型猶在
少年男喪：(1)修文赴召 (2)天不假年 (3)命厄華年
老年女喪：(1)女宗安仰 (2)萱幃月冷 (3)婺彩沉輝
中年女喪：(1)壼範猶存 (2)懿範長留 (3)鸞馭遐升
少年女喪：(1)鳳去樓空 (2)蘭催蕙折 (3)曇花萎謝

節婦：⑴柏舟完節　⑵節勵冰霜　⑶含蘗全貞

2.題像

男喪：⑴音容宛在　⑵高山仰止　⑶道範猶存

女喪：⑴壼範垂型　⑵慈容宛在　⑶坤儀足式

自我評量：

1.什麼叫做對聯和題辭？各分幾類？有何用處？

2.略述對聯和題辭的作法。

3.選用或習作下列各事件對聯：

⑴自家春聯門對。　⑵輓友人喪。

⑶賀同學生子。　⑷賀友人新居落成。

4.選用或習作下列各事件題辭：

⑴輓老年男喪。⑵賀新婚。⑶賀雙壽。⑷賀新居落成。

第十二章　慶弔文

第一節　慶弔文的意義種類和用處

慶弔文是慶賀人家喜事，和弔唁人家喪事的應酬文字。從廣義方面來說，凡是喜慶和喪祭禮節中所應用的文字，都可以列在慶弔文的範圍之內，所以它的種類是非常多的。在那麼多的種類之中，我們沒有必要全部拿來研究，同時有一些是我們在前面已經講過了的，如柬帖，所以現在我們要研究的只是目前社會上還流行通用的七種罷了。

一、**頌詞**。頌是文體的一種，在古代是對神明哲人或建功立德的人的稱頌之辭，而近代則大多用在慶賀方面。頌詞的文字簡易，可以裱成屏條，以備懸掛，也可以寫入箋紙，裝入信封郵寄，比起其他文體來得方便。

二、**壽序**。序也是文體的一種，壽序就是從贈序引申出來的，到了明清兩代才盛行起來。它是用來頌揚壽者的才識品德和事功的文章。一個人必須年過五六十以上，學問事業有了成就，才有做壽之舉，今日流行的簽名祝嘏前的弁言，也可以說是壽序的一種。

三、**徵啓**。徵啓就是有所徵求的啓事，徵言、徵文、徵詩都可以，用在喜慶或其他方面也可以，通常以徵壽詩、壽文的為多。啓就是向人陳說一件事情，陳說某甲年高德劭，可以徵文；陳說某乙行性貞潔，可以徵詩，這種徵文徵詩的文字，就是徵啓，也叫做小啓，而實際上就是一封公開的信。它和書信不同的地方是：書信有特定的對象，而徵啓是對一般人說的。

四、祭文。古代的祭文包括一切告祭鬼神的文字，後來才把用在祭奠死者時所誦讀的文章也叫做祭文，它可以用來追祭古人，也可以用來祭親屬師友，還可以用來代機關團體公祭，可以說是哀悼文辭的中堅。祭文中哀悼卑幼夭折的要以哀痛為主，所以又叫哀辭或悲文。

五、哀啓。哀啓是有喪事的人家訃告於人的書信。其內容在敘述死者平生的事略，以及病時的狀況，和臨終時的情形，而附在訃聞裡分發，它的作用在使親友知道死者從生病到病死的經過情形，以及一生事略，以供作哀輓銘誄的參考。此外還有所謂行狀、事略、行述、傳略等不同的名稱，都是敘述死者一生的行誼，也都是哀啓這一類的。

六、輓辭。輓辭由誄辭變化而來，是哀悼死者的文辭，大都是用簡短的韻文作成。古代的誄辭是累列死者生前的德行，藉供作謚的文章，誄就是謚的意思。後來才慢慢演變成為一般悼念的文章。

七、墓誌銘。墓誌是在埋葬時，把死者的世系、名字、爵里、行治、壽年、以及卒葬的月日，和子孫的大略情形，敘述勒石，埋在壙前，以便將來萬一陵谷變遷時，有所稽考。墓銘就是攝取墓誌的內容而用韻文寫成的銘。有的只有誌而沒有銘，有的只有銘而沒有誌，一定要誌銘兼具的才叫做墓誌銘。

第二節 慶弔文的作法

慶弔文雖然都是應酬的文章，但是也都要有真情的流露才行，同時還要適合雙方的身分，寫作這種文章時，最重要是不虛譽，不過情，這是基本的原則。至於各種文體的技術問題，現在分別說明如下：

一、**頌詞**。頌詞的體裁一般都不用「序言」，而在頌詞之前加上標題，說明祝頌的對象和事由，同時在文末要寫明獻頌的人並註明時間。頌詞的正文，大多是四字句，句數不定，可以一韻到底，也可以換韻。它的內容只可以褒而不能貶，只能寫美好的一面，而不可以寫醜惡的一面。

二、**壽序**。壽序的體裁兼有議論和敘述，而以頌揚贊美為文章的中心，不拘散文或韻文，都要有正當的理論，和得體的措辭，才能不枉己循人，不喪失自己的身分。壽序的上款應書某某先生或夫人幾秩壽序，下款除由祝嘏者簽名敬祝外，並須將撰作者姓名及書寫者姓名，一一寫上，最後註明年月日。

三、**徵啓**。徵啓的文字可長可短，文體也可駢可散，但為了文辭優美，對仗工穩，音韻鏗鏘，以引起別人的共鳴，一般說來以用駢文為宜。以簡潔明暢，蘊蓄無窮為上品。

四、**祭文**。祭文是表達哀悼之情的，故以通達情意為尚，一般說來，它應該包括下列五點：1.哀祭時間，2.追憶死者生前的事蹟。3.頌贊死者的道德、學問和功業等。4.說明死者與祭者的交往和感情。5.請死者安息。寫作時，可以用散文，也可以用韻文，而開首的文字現在已經成定型了，「維中華民國×年×月×日〇〇敬以香花清酌之儀致祭於〇〇先生之靈曰」，其中敘述祭品的名稱可以視實際情形變更，如：「香花鮮果」，「清酌庶羞」或「庶羞之儀」等。最後的敬詞用「嗚呼哀哉，尚饗」，或「神其來歆，尚饗」。

五、哀啓。哀啓是書啓的一種，就是死者的子女向親友們報告死者的生平事跡，及其染病至死的經過，請求親友鑒察，並供親友寫作祭文輓辭的參考，所以它的格式和書信的開頭一樣，要有個啓事敬辭「哀啓者」（有時也可以省略不用）。接著就寫死者的名號，生平事跡，然後才說到病情經過，最後都用「嗚呼痛哉」來結束上面的敘述，緊接著再用些結尾的套語，這樣哀啓便算完成了。通常用的套語是：「苦塊餘生，語無倫次，伏乞　垂鑒」等。敘述死者生平事跡時，要將他的嘉言懿行，儘量舖張，以明「善則歸親」之義，這部分常佔到整個篇幅的十之八九。

六、輓辭。輓辭在頌揚死者的功德言行，大都是用四言或四六的韻文寫成，以敷陳「生榮死哀」為原則，文不在長，要力求典雅哀悼。同時前後還要加上上下款，格式和幛聯的相同。

七、墓誌銘。誌就是記，文字有正變兩體，正體只是敘事，變體則在敍事之中，雜以議論。文體大都用散文，先寫名諱世系，以至於生平事跡，也有寫到死者子孫的情況的，末了附上銘辭。銘文多用四言，並須押韻，也有用三言、五言、七言，或散文的。押韻沒有定律，看行文的方便而定。誌文要樸質謹嚴，銘辭要堅淨精峭。

第三節　慶弔文實例

一、頌詞

王雲五先生九十華誕頌詞并序　張仁青

中華民國六十六年夏正丁巳六月初一日為總統府資政、中山學術文化基金董事會主任委員　王公岫廬九句嵩慶。南國風薰。東溟浪靜。積慶溢於華堂。餘榮洽乎黎獻。同人等久親謦欬。夙仰義型。爰稱介壽之觴。以迓興邦之瑞。頌曰。

珠江浩浩。粵秀峨峨。河嶽炳靈。篤生大家。名賢作哲。翼扶中華。滄海橫流。乃制頹波。其一

公以偉質。屈起香山。少蘊奇志。鶚翥鵬颺。學術淹貫。蔚為國光。長民輔世。每飯不忘。其二

仕以學優。霞光飛粲。挺曜含章。樞機參贊。訏謨丕顯。勛猷炳煥。元弼推心。邦國楨幹。其三

朅來海嶠。繼以忠貞。如山如磐。主義是行。綢繆生聚。鼓吹中興。歘歷臺閣。華蓋蓬瀛。其四

坐擁皋比。倏逾半紀。咳唾皆珠。散霞成綺。三臺群英。多入籠底。博士之父。信非溢美。其五

中山遺教。學術為先。乃設基金。薪火相傳。夙夜宣勤。一十二年。弘揚文化。力挽狂瀾。其六

中原板蕩。樂崩禮壞。貞下起元。耆英是賴。唯公逸德。搢紳著蔡。商山四老。磻溪一瑞。其七

欣逢大慶。海屋添籌。南極騰輝。歡動九流。周詩曼頌。韻繞層樓。受天純嘏。與國同庥。其八

——《技職應用文》，教育部技術及職業教育司編印（民國八十三年六月增訂初版，頁九三八）

二、壽序

劉海峰先生八十壽序　姚　鼐

曩者、鼐在京師。歙程吏部、歷城周編修、語曰：「為文章者，有所法而後能，有所變而後大。維盛清治邁逾前古千百，獨士能為古文者未廣。昔有方侍郎，今有劉先生，天下文章，其出於桐城乎！」鼐曰：夫黃舒之間，天下奇山水也。鬱千餘年，一方無數十人名於史傳者。獨浮屠之儁雄，自梁陳以來，不出二三百里，肩背交而聲相應和也。其徒遍天下，奉之為宗。豈山川奇傑之氣，有蘊而屬之邪？夫釋

氏衰歇，則儒士興，今殆其時矣。既應二君，其後嘗為人道焉。

鼐又聞諸長者曰：「康熙閒、方侍郎名聞海外。劉先生一日以布衣走京師，上其文侍郎。侍郎告人曰：『如方某何足自算耶！邑士劉生，乃國士爾！』聞者始駭不信，久乃漸知先生。」今侍郎沒，而先生之文果益貴。然先生窮居江上，無侍郎之名位交遊，不足掖起世之英少。獨閉戶伏首几案，年八十矣，聰明猶強，著述不輟，有衛武懿詩之志。斯世之異人也已！

鼐之幼也，嘗侍先生。奇其狀貌言笑，退輒仿效以為戲。及長，受經學於伯父編修君，學文於先生。遊宦三十年而歸，伯父前卒，不得復見。往日父執往來者皆盡，而猶得數見先生於樅陽。先生亦喜其來，足疾未平，扶曳出與論文，每窮半夜。今五月望，邑人以先生生日為之壽。鼐適在揚州，思念先生，書是以寄先生，又使鄉之後進者聞而勸也。

三、徵啓

雙壽徵文啓

竊維康寧什吉，五福為好德之徵；極婺齊輝，雙星乃休時之瑞。古者因事致敬，則相與為辭，以誌不忘；故凡彝鼎標題，敦槃款識，亦往往祈以永命萬年也。月之〇日，為

〇〇〇先生暨德配

〇母〇夫人〇旬雙壽令誕。弧帨同懸，茂美交柯之樹；極婣合耀，翱翔比翼之禽。凡我葭孚姻親，梓桑交好，均宜捧觴上壽，頌百福而佐雙杯。然而不習謳歌，詎堪祝嘏？未工頌禱，何以祈年？〇〇等美德共欽，後塵願附，惟祈文壇碩宿，賦新詩而壽祝岡陵；藝苑詞人，製麗句而輝增玉杖。庶幾天保九如之

什，不得專美於前也。用弁數言，以彰盛德，拋磚引玉，幸錫佳章。謹啓。

——《技職應用文》教育部技術及職業教育司編印，頁九四三。

四、祭文

祭蔣母王太夫人文

孫　文

維

中華民國十年十一月二十三日，孫文謹以清酌之儀，致祭於

蔣母王太夫人之靈前曰：嗚呼，文與郎君介石，遊十餘年，共歷險艱，出入死生，如身之臂，如驂之靳，朝夕未嘗離失，因得略識

太夫人之懿行。太夫人早遭凶故，恩勤辛苦，以撫遺孤，養之長，教之成。今皆巖巖嶽嶽，為人倫之表率，多士之規模。其之於介石也，慈愛異常母，督責如嚴師，裁其跅弛以全其昂昂千里之資，雖夷險不測，成敗無定，而守經達變，如江河之自適，山嶽之不移。古有丸熊畫荻，文聞其語，未見其人。及遇介石，識其根器之深，毓育之靈，乃知古之或不如今。幸而見於今，復不令其上躋耄耋，長為閨壼之儀型，是非特郎君輩所悼痛，亦足令天下聞之而失聲。嗚呼！哀哉！尚饗！

五、哀啓

哀啓者：先君某某，諱某某（此下歷述死者自幼至老之家庭狀況，以及品性，學問，事功；可以鋪

張，而不宜誇耀）。不幸於某月間，得某某之疾，醫治罔效，延至某日某時，竟棄不孝等而長逝矣！嗚呼痛哉！不孝侍奉無狀，罹此鞠凶，搶天呼地，百身莫贖，祇以窀穸未安，不得不苟延殘喘，勉襄大事，苫塊昏迷，語無倫次，伏乞

矜鑒

說明：哀啓在各家文集裡，都没有實例可找。因為這種文字，只是報告死者病狀，和敘述死者生平事跡，只要敘述明白，不要考究文章。而且哀啓是由子孫具名的，子孫在身遭大故的時候，雖未必真的「苫塊昏迷，語無倫次」，可也確實無心來雕琢文字，所以没有存稿的。這只是一個普通的例子，當然還不免於虛偽俗套，但比「罪孽深重，不自隕滅」要妥當些了。

（《應用文講話增訂本》王偉俠編著，華國出版社印行，一九六八。頁二四五、三四六。）

六、輓辭

張道藩先生輓辭　何志浩

惟我道公兮！為國民革命之鬥士。議壇讜論兮！伸張正義而彰國是。領導文藝兮！使頑廉懦立而共奮起。復興文化兮！冀挽回國本而維綱紀。

老成凋謝兮！蕙摧蘭折。文星倏殞兮！山川失色。

神州待復兮！國失忠良。匪賊未滅兮！將遺恨而永難忘。父老呼救兮！胡一去而不還鄉。

嗚呼道公！一世之雄，全德始終！群情戚戚而無限悼痛，相與悲涕而歌高風！

——《技職應用文》教育部技術及職業教育司編印，頁九二。

七、墓誌銘

柳子厚墓誌銘

韓 愈

子厚諱宗元。七世祖慶為拓跋魏侍中，封濟陰公。曾伯祖奭，為唐宰相，與褚遂良、韓瑗俱得罪武后，死高宗朝。皇考諱鎮，以事母棄太常博士，求為縣令江南，其後以不能媚權貴，失御史；權貴人死，乃復拜侍御史，號為剛直。所與游，皆當世名人。

子厚少精敏，無不通達。逮其父時，雖少年已自成人，能取進士第，嶄然見頭角，眾謂柳氏有子矣。其後以博學宏詞授集賢殿正字，儁傑廉悍，議論證據今古，出入經史百子，踔厲風發，率常屈其座人，名聲大振，一時皆慕與之交。諸公要人，爭欲令出我門下，交口薦譽之。

貞元十九年，由藍田尉，拜監察御史。順宗即位，拜禮部員外郎。遇用事者得罪，例出為刺史；未至，又例貶州司馬。居閒，益自刻苦，務記覽，為詞章，汎濫停蓄，為深博無涯涘，而自肆於山水間。

元和中，嘗例召至京師，又偕出為刺史，而子厚得柳州。既至，歎曰：「是豈不足為政邪！」因其土俗，為設教禁，州人順賴。其俗以男女質錢，約不時贖，子本相侔，則沒為奴婢。子厚與設方計，悉令贖歸，其尤貧力不能者，令書其傭，足相當，則使歸其質。觀察使下其法於他州，比一歲，免而歸者且千人。衡湘以南為進士者，皆以子厚為師。其經承子厚口講指畫為文詞者，悉有法度可觀。

其召至京師而復為刺史也，中山劉夢得禹錫，亦在遣中，當詣播州。子厚泣曰：「播州非人所居；而夢得親在堂。吾不忍夢得之窮，無辭以白其大人；且萬無母子俱往理。」請於朝，將拜疏，願以柳易播；雖重得罪，死不恨。遇有以夢得事白上者，夢得於是改刺連州。嗚呼！士窮乃見節義。今夫平居里巷相慕悅，酒食游戲相徵逐，詡詡強笑語以相取下，握手出肺肝相示，指天日涕泣，誓生死不相背負，真若可信；一旦臨小利害，僅如毛髮比，反眼若不相識，落陷穽，不一引手救；反擠之，又下石焉者，皆是也。此宜禽獸夷狄所不忍為；而其人自視以為得計，聞子厚之風，亦可以少媿矣！

子厚前時少年，勇於為人，不自貴重顧藉，謂功業可立就，故坐廢退；既退，又無相知有氣力得位者推挽，故卒死於窮裔。材不為世用，道不行於時也。使子厚在臺省時，亦自持其身，已能如司馬刺史時，亦自不斥；斥時有人力能舉之，且必復用不窮。然子厚斥不久，窮不極，雖有出於人，其文學辭章，必不能自力以致必傳於後如今，無疑也。雖使子厚得所願，為將相於一時；以彼易此，孰得孰失，必有能辨之者。

子厚以元和十四年十一月八日卒，年四十七，以十五年七月十日，歸葬萬年先人墓側。子厚有子男二人：長曰周六，始四歲；季曰周七，子厚卒乃生。女子二人，皆幼。其得歸葬也，費皆出觀察使河東裴君行立。行立有節概，重然諾，與子厚結交；子厚亦為之盡，竟賴其力。葬子厚於萬年之墓者，舅弟盧遵。遵，涿人，性謹慎，學問不厭。自子厚之斥，遵從而家焉，逮其死不去。既往葬子厚，又將經紀其家，庶幾有始終者。銘曰：

是惟子厚之室，既固既安，以利其嗣人。

自我評量：

1. 什麼叫慶弔文？現代常用的有那幾種？
2. 略述各種慶弔文的作法。
3. 習作下列各種慶弔文：

⑴祭文　⑵頌詞　⑶輓辭　⑷徵啓

第十三章　簡報

第一節　簡報的意義目的和種類

簡報是一個機關學校或公司團體，把他們的工作業務或設施產品，以最簡單扼要的方式，對來訪視的上級長官或來賓顧客，做介紹說明的文書。它的型式常隨場合或需要不同，而有不同的形貌，有時叫簡介，有時叫概況。

簡報的目的，是要使接受簡報的人，對簡報的主題事物，有清晰明確的認識，並進一步的認同、協助做簡報的人，以拓展其業務。

簡報的種類，因機關學校或公司團體各有不同，而到訪的長官、賓客也各有不同的要求，所以依其主題性質來分，約可分為下列六種：

一、**組織簡報**：這種簡報的主題是在介紹該機關、學校或團體的組織結構。如「○○公司組織簡報」。

二、**業務簡報**：這種簡報的主題是在介紹其某一項工作或業務。如「財團法人○○仁愛之家工作簡介」。

三、**設備簡報**：這種簡報的主題是在介紹其某一種設備，或該設備之功能或性能。如「○○大學圖書館特藏室簡介」。

四、**環境簡報**：這種簡報的主題是在介紹某一地區的自然生態，或是人文景觀。如「陽明山國家公園簡介」。

五、**計畫簡報**：這種簡報的主題是在介紹某一種建設計畫，或是行動計畫。如「○○職業學校附設延教班機工科簡介」。

六、**綜合簡報**：這種簡報的內容包含很廣，凡是該機關、學校或團體之組織、業務、設備、環境、及未來的發展計畫等均包括在內。如「國立台灣大學簡介」。

第二節　簡報的結構和寫作要點

簡報的結構，並沒有一定的標準；以書面的綜合簡報來說，約可分為下列幾項：

一、**標題**：標題印在封面上面，包括主題、內容及簡報名稱三部分。如「私立萬能技術學院商設系簡介」，「私立萬能技術學院」是簡報主題，「商設系」是簡報內容，「簡介」是簡報名稱。有時可以省略內容。

二、**目錄**：封面下第一頁，應將整份簡報內容的主要項目及其頁次標示清楚，以方便接受簡報者了解其梗概和易於翻閱。

三、**前言**：要能統括整份內容，並誠懇要求接受簡報者批評指教，篇幅不宜太長。

四、沿革：介紹簡報主體成立的緣起和發展經過，通常按時間先後扼要說明，亦可條列敘述。

五、任務：說明簡報主體所負擔的任務或使命，以條列式說明為宜。

六、地理環境：介紹簡報主體所在地及其附近的地理情勢、交通路線等。

七、組織：介紹簡報主體的行政組織系統。

八、設備：介紹簡報主體的土地面積、建築面積、安全設施，及特殊設施。

九、業務狀況：介紹簡報主體的目標、任務、功能及工作績效，並對業務資料作扼要分析。

十、平面配置：描繪簡報主體及各樓地板的平面配置圖，包括地下室及室外可供開放參觀、停車的地區。

十一、預約服務：說明簡報主體為觀眾服務的工作，及觀眾注意事項、開放時間、預約登記等。

十二、檢討與展望：檢討簡報主體的各項業務，敘述遭遇的困難、未來的發展。

十三、結語：對簡報作總結，一方面自我策勵，另方面懇求支持指教。

以上十三項，可視實際情形加以增減，如把沿革寫在前言之中。簡報的種類隨著社會的繁榮而增加，方式也隨著科技的進步而推陳出新，結構和款式，當然也就不能一成不變了。但對簡報的寫作來說，還是要把握下列幾個要點，才能使人認同、支持的。

一、內容確實，資料充足

簡報的寫作，旨在使接受簡報者看完簡報之後，能完全了解簡報主體的沿革、組織、業務等，進而加以肯定，給與支持。因此，內容一定要確實，資料一定要充足，不然如何能取信於人，使人深信不疑呢？

二、結構嚴整，前後有序

簡報的結構，一定要根據實際的情形加以斟酌損益，而項目的先後順序，也要合乎介紹的程序。如「前言」、「沿革」在前，「檢討與展望」在後，是不可前後倒置的。項目確定了，須每項自成一段，並冠以數字，使之條理分明，一目了然。

三、裁剪合適，長短適中

前面提到資料要充足，但不可漫無節制，不知裁剪。一定要考慮到，接受簡報的人時間有限，且注意力也無法集中太久，因此，撰稿必須認清這個事實，內容一定要裁剪合適，長短一定要適中，才不會使人厭煩。

四、措詞簡明，少用術語

為了受到接受簡報者的肯定、認同和支持，簡報的用語要簡淺明白，以口語化為原則，不宜使用常人不懂的專業術語，或冷僻的詞彙。

五、配合圖表，力求具體

圖表可以把複雜抽象的資料化成簡單具體的東西，使人一目了然。因此，在簡報中適當的運用圖表是必須的，不然的話，全用文字說明，難免造成冗長累贅，或流於單調呆板。

第三節　簡報實例

簡報（簡介）的種類繁多，玆舉兩例以供參考。

壹、延教班簡介

延教班簡介

一、何謂延教班：

政府提供已修讀國中技藝教育課程或欲（已）就業之國中畢（修）業生學得一技之長，在高職（中）所辦的實用技能班就叫做「延教班」。

二、入學方式：

(一)國民中學應屆畢（修）業生參加國中技藝教育班者可優先於畢業離校前申請登記分發。

(二)申請分發完畢後如有缺額再於八月間辦理招生登記。

(三)未申請登記分發之技藝教育班學生必要時優先錄取。

三、報名時間：

(一)國民中學應屆畢（修）業生參加國中技藝教育班者，於規定時間內向國中輔導室申請登記。

(二)未申請登記分發之學生於八月二十日起向高職學校辦理報名。

(三)申請就讀春季延教班之學生於每年寒假中向高職學校辦理報名。

四、收費：

(一)雜費：均依公立學校收費標準收取。

(二)學費：全免。

(三)書籍：大部分由政府免費提供。

五、修業年限：

採年段式，有一年段、三年段兩種。

※讀完一年段後可經轉學考試轉入職校、五專、高中或補校任何班別就讀。

六、類科課程：

㈠類科：七十多種類科，都相當實用、新穎，可向國中輔導室借閱「延教班類科簡介」。

㈡課程：安排有技能實習及簡單的理論學科，以就業技能為主。

七、上課時間：

分日間班及夜間班二種方式：

㈠日間班：每週上課三十六節。

㈡夜間班：每週上課二十四節。

※日間班多出十二節係作為加強技能實習及人文陶冶課程之用。

八、就讀延教班的好處：

㈠可免學費。

㈡可學得一技之長。

㈢可半工半讀，完成學業。

㈣讀完第一、第二年段課程，成績及格者，可取得「年段修業證明書」。

㈤可參加職業訓練局專案技能檢定，取得技術士證。

㈥修完第三年段課程，成績及格，可取得「結業證明書」；經資格考驗及格，可取得高職畢業資格證明書。

㈦讀完延教班，可以就業，可以繼續升學，也可以創業。

九、招生訊息的獲得：

㈠國中輔導室。

㈡高級職業學校（承辦延教班單位）。

㈢教育部技職司第一科：電話：（〇二）二三五六五八四四、二三五六五八四五

㈣台灣省政府教育廳第三科：電話：（〇四）三三九三一〇一轉二三一一

㈤高雄市政府教育局第一科：電話：（〇七）三三七三一一五、三三一四九一一

㈥台北市政府教育局第一科：電話：（〇二）二七二〇五六三一

※有關報名簡章及詳情請向各辦理延教班之高職（中）索取或洽詢。

教育部技術及職業教育司　編印

貳、基隆市政簡介

項目：行政概況　地理位置　氣候、交通、人口　市徽　市花　市樹　市歌

一、行政概況

本市自民國三十九年（一九五〇）實施地方自治以來，設之市政府暨市議會、市長、市議員由人民直接選舉，任期四年，市長連選得連任一次，市議員不受任期限制。

全市共分為七個行政區、一四四里、二八二六鄰、一〇二六五一戶、面積一三二點七五八九平方公里。

二、地理位置

基隆位於台灣北部，三面環山，北臨東海，為一天然海港，港灣深入市區，水面寬闊，境內山陵環繞，平地較少，海岬兩側有基隆嶼、和平島為屏障，形勢險要自然天成，集商港、軍港、漁港於一身，為全台北門之鎖鑰。

全境現有面積為一三二點七五八九平方公里，形狀像片海棠葉，基隆河流穿本市中部，為本市開發較早的精華區，市街通路及住宅分佈於青山綠水之間，景色秀麗。

三、氣候、交通、人口

基隆為海島型氣候，幸賴海洋的調節，使位處亞熱帶的基隆，有著溫暖、宜人的四季，年均溫為攝氏二十二至二十三度。冬季多雨，夏季則晴朗，全年總雨量約為三五〇〇公釐，年平均雨日也達二三〇日，是著名的「雨港」。近年來，根據氣象統計，降雨量已有日漸減少之趨勢。

本市位於中山高速公路、縱貫鐵路、北迴鐵路暨濱海公路的交匯點、交通發達、捷運稱便。

本市現有人口總數三六五、九九四人，其中男性人口為一八九、五六四人，女性一七六、四三〇人，人口教育程度亦逐年增加，現有專科畢業以上程度者佔全市人口總數百分之八點九九。

四、市徽

藍色缺口圓環代表基隆自然環境港埠。黃綠色山形，象徵基隆係一綿延丘陵地。貨櫃船形「基隆」兩字，象徵基隆主要港市人文環境。又象徵著隨著航運演進，基隆必然會發展成台灣省最大貨櫃吞吐港。

五、市花——紫薇

屬於千屈菜科紫薇屬，落葉喬木，幹及枝光滑，俗名百日紅，即指花期甚長之意。花於夏季綻開，桃、熱紫及白色等皆有，幹及枝呈自然彎曲狀態伸展，樹容極特殊。

六、市樹——楓香

屬金縷梅科楓樹屬之落葉大喬木，葉互生，三至七個掌狀淺裂，雌雄異花，頭狀花序。楓香極為高大，生長速度快、樹呈自然形態之圓錐三角形，饒富觀賞。

七、市歌

海天碧，山勢雄
帆牆林立，漁歌融融
煙雨常朦朧
寶島屏障，水陸要衝
煤金礦產富，工商日繁榮
如今民安物富
應憶延平壯夙，偉業豐功
願吾儕勤勞互助，勵俗敦風
更願同心協力，完成自治
建設民主的新基隆！

自我評量：

1. 什麼叫做簡報？作簡報的目的何在？
2. 作簡報要把握那些要點？
3. 假定你是某國中的教務主任，請作一份學校簡介。

第十四章 書狀

第一節 書狀的意義種類和效用

書狀和契約一樣，是一種信守的文書。唯契約較為嚴謹、正式，是一種法律的行為；而書狀則因內容較為簡單，通常僅就一事，表明當事人享有的權利，或應履行之義務，由一方簽署後交付他方收執即可。

書狀的種類繁多，難於一一列舉，茲就日常生活中常見的書狀，分人事與財物兩方面來加以說明。

一、有關人事者：

1.證書（證明書）：通常由機關學校開立證書，證明當事人所具備的能力、資格、或其他特殊情況，如畢業證書、學分證明書、研習證明書、離職證明書、清寒證明書等。此類證書具有強大的公信力，機關學校必須嚴格審查後，確實合乎規定，始得發給。

2.志願書：由當事人表明：行動的決定是出於志願，願意履行義務的一種文書。最常見的是醫院手術的志願書，或是學校用的自願放棄就學志願書等。

3.悔過書：是當事人對自己的過失，表示後悔，願意改過向善，請求對方原諒，而對方也能接受，因而撰寫的文書。最常見的是學生犯錯，訓導處或導師要求學生寫的悔過書。

4.推荐書：是當事人之學識、技能、品德等受到肯定，足堪勝任某一項工作，而由機關、學校、團體或其單位主管，或有學術地位者為之推荐。如特殊優良學生推荐書，模範母親推荐書，孝悌楷模推荐書等。

5.遺囑：是遺囑人所為，於死亡後始生效力的要式單獨行為。民法一千一百八十九條規定：「遺囑應依左列方式之一為之：一、自書遺囑。二、公證遺囑。三、密封遺囑。四、代筆遺囑。五、口授遺囑。」

二、有關財物者：

1.切結書：為避日後紛爭，由當事人以書面承諾某種義務之文書。

2.承諾書：其性質等於切結書，也是承諾履行某種義務之文書。承諾書通常以承諾財物之負擔為主，但切結書比較正式，使用範圍也較廣泛。

3.催告書：是催促當事人履行某種義務之文書。習慣上，當事人如不答辯，即視為承認。

至於書狀的效用，簡單說起來，有下列三項：

1.證明效力大：書狀在法律上視為是一種當然的證據，其效力與契約相同。

2.應履行義務：凡承諾履行責任之範圍，皆應依照書狀所寫之項目執行，否則可提出民事訴訟。

3.可確保權利：權利持有之一方，可要求對方切實履行，善盡責任。

第二節　書狀的結構和作法

書狀沒有固定的格式，往往因事而異。然一般說來，其結構應包括下列五項：

一、**標明名稱效用**：簽署書狀，先要標明書狀之名稱。如：「證明書」，「台北市中等學校教師研習會研習證明書」等，使人一目了然。「台北市中等學校教師研習會」是簽署書狀的主體，「研習」是書狀的效用，「證明書」是書狀的名稱。

二、**寫明日期字號**：書狀上的日期，關係到權利義務的起訖，日期一定要寫清楚。機關、學校或團體出具的書狀，在中華民國下的年月日上，蓋上關防，以資取信。又證明書必須編列字號，以便稽察考核，不可以省略。

三、**書狀正文**：這是書狀最重要的部分，當事人的姓名、籍貫、年齡，及權利義務的內容、有效期限等，都應該具體寫明，不可遺漏。

四、**交遞語及送達機關**：書狀正文結束，須加上「此致○○○（機關名稱）」。如「此致　桃園縣政府教育局」，「此致」是交遞語，「桃園縣政府教育局」就是書狀所要送達的機關名稱。

五、**簽名蓋章**：當事人出具書狀時，最後一定要簽名蓋章，表示負責到底，必要時還要寫上地址及身分證統一編號。書狀如需要保證人、見證人時，也要一併簽名蓋章。

書狀的作法，一般說來，應把握下列幾個原則：

一、**格式方面**：

1. 政府公布的書狀格式，一定要遵照使用。

2.機關團體印好的書狀格式，也應參照使用。

3.其他情形，要使用表格式、條列式，或是不分條的陳述式，也要慎選合適的格式。

二、文字方面：

1.和契約的文字相同，要力求明白、確實、精簡，和週到。

2.要根據法律或有關規定撰寫內容，因書狀有證明的效力，關係到權利義務時，一定要謹慎，不可掉以輕心。

三、繕寫方面：

1.一般書狀，以電腦打字最方便，整齊美觀。

2.手寫書狀時，字跡要工整，筆畫不得有誤。

3.書狀中之數目字，一定要用大寫。

4.書狀不宜塗改，增刪字處應蓋章，以示負責。

四、正確使用標點：

一般書狀，應加新式標點符號，以免造成閱讀障礙及意義分歧。但機關學校或團體所發之證書證明書，原則上不加標點，以維持版面之美觀。

五、其他方面：

1.如欲確保書狀之強大證據力及執行力，宜到法院再作公證。

2.書狀之寫作不實，有可能吃上偽造文書之官司，所以一定要謹慎。

第三節 書狀實例

書狀的種類繁多，茲依第一節所講的，各舉一例以供參考。

壹、證書、證明書（證明單）

結業證書　教人字第　號

茲有學員○○○年○○歲
○○省○○縣市人在本部戰地
文教專業幹部講習班第○期講
習○週期滿准予結業此證

教育部部長　○○○

中華民國　年　月　日

（全銜）支出證明單

支出事由	單位數量	實付金額	受領人				不能取得單據原因	機關長官或授權代簽人	日期
			姓名	車號	車行	地址			
接送○○○教授　計程車費	單程　次	新台幣　百　拾　元整					臨時雇車		中華民國　年　月　日
								證明或驗收人	
								經手人	

貳、志願書

立志願書人，今承〇〇〇君之保薦，前來〇〇工廠，充任學徒，約定〇年；在此期間，例無薪俸，但由廠方供給膳宿。凡廠中一切規章，自應遵守，倘有不法行為，或違犯廠規，自願無條件接受辭退處分。如有虧欠錢物等情事，由保證人負責賠償。恐後無憑，特立此存照。

立志願書人：〇〇〇（簽章）

保　證　人：〇〇〇（簽章）

住　　　址：

中華民國〇〇年〇〇月〇〇日

參、悔過書

學生〇〇〇於×月×日上午×時×分，公然在教室抽煙，被導師當場發現，導師姑念我初犯，特予原諒一次，謹立此悔過書，今後絕不敢再犯，如再犯，願受校規處罰。

立悔過書人〇年〇班　〇〇

中華民國〇〇年〇〇月〇〇日

肆、推荐書

敬啓者：謹推薦本系畢業生〇〇〇先生參加　貴所在職生入學考試，〇君目前在私立〇〇專校任教。

他在本系就讀期間，勤奮向學，尤其在設計學科方面的學習，用力最勤，收穫最多。此外，○君亦樂於助人及參與各種學校活動，甚得本系師生讚賞。因此，本人深信若蒙　貴所垂愛，給予學習機會，○君必能在設計方面有傑出的成就，特此推薦。

此致

○○大學商設研究所所長暨在職生招生口試委員

推薦人：國立○○大學商設學系主任　○○○　敬啓

八十三年四月十一日

伍、遺囑

立遺囑人○○○（民國○○年○○月○○日生，○○省人，身分證號碼：○○○○○○○○○○）茲依民法規定，訂立遺囑如下：

本人所有坐落○○市○○區○○段○小段○○地號土地及地上建物（即○○市○○區○○里○鄰○○街○○巷○號）二層樓住宅全棟，由長子○○○（民國○○年○○月○○日生，○○市人，身分證號碼：○○○○○○○○○○），單獨全部繼承。

立遺囑人：○○○　（簽章）

見證人：○○○　（簽章）

見證人：○○○　（簽章）

中華民國○○年○○月○○日

陸、切結書

本人請領生父○○○現年××歲之實物配給，確無兄弟姊妹重領，如有冒領、重領之情事，願負完全責任。

立切結書人：○○○（蓋章）

中華民國○○年○○月○○日

柒、承諾書

○○○為本人之三弟，因一時衝動，砸毀 貴公司之桌椅，承 貴公司原諒，不予深究，至為感謝。所有桌椅之修復費用，全部由本人負責償還。恐口無憑，特立此承諾書。

承諾人：○○○（簽章）

地　址：○○市○○路○○號

中華民國○○年○○月○○日

捌、催告書

敬啓者：

台端向本人承租坐落本鎮○○路○○號三樓房屋，租期一年（自○○年○○月○○日至○○年○○月○

〇日），茲因小兒即將結婚，擬於租期屆滿之日收回自用，特此告知，尚希見諒！

此致

〇〇〇先生

〇〇〇敬啓

〇〇月〇〇日

自我評量：

1. 什麼叫做書狀？其效用如何？
2. 書狀的作法要注意那些原則？
3. 習作下列各種書狀：

①推荐友人擔任會計。　②催告房客搬家。

③學生打架悔過書。　④承諾修理撞毀對方之機車。

⑤切結書。

最新應用文彙編

作者◆呂新昌
發行人◆王學哲
總編輯◆方鵬程
責任編輯◆梁永麗
美術設計◆吳郁婷

出版發行：臺灣商務印書館股份有限公司
台北市重慶南路一段三十七號
電話：(02)2371-3712
讀者服務專線：0800056196
郵撥：0000165-1
網路書店：www.cptw.com.tw
E-mail：ecptw@cptw.com.tw
網址：www.cptw.com.tw

局版北市業字第 993 號
修訂版一刷：1979 年 8 月
二次修訂版一刷：2001 年 6 月
二次修訂版八刷：2007 年 11 月
定價：新台幣 280 元

ISBN 978-957-05-1704-0

最新應用文彙編 ./ 呂新昌編著. -- 二次修訂版
. -- 臺北市：臺灣商務, 2001 [民 90]
面： 公分

ISBN 957-05-1704-2（平裝）

1. 中國語言 － 應用文

802.79 90004771

廣　告　回　信
台灣北區郵政管理局登記證
第 6 5 4 0 號

100臺北市重慶南路一段37號

臺灣商務印書館　收

對摺寄回，謝謝！

讀者回函卡

感謝您對本館的支持，為加強對您的服務，請填妥此卡，免付郵資寄回，可隨時收到本館最新出版訊息，及享受各種優惠。

姓名：________________　性別：□男 □女

出生日期：____年____月____日

職業：□學生 □公務（含軍警） □家管 □服務 □金融 □製造
□資訊 □大眾傳播 □自由業 □農漁牧 □退休 □其他

學歷：□高中以下（含高中） □大專 □研究所（含以上）

地址：________________________________

____

電話：（H）________________（O）________________

購買書名：________________________________

您從何處得知本書？

□書店 □報紙廣告 □報紙專欄 □雜誌廣告 □DM廣告
□傳單 □親友介紹 □電視廣播 □其他

您對本書的意見？（A/滿意 B/尚可 C/需改進）

內容______ 編輯______ 校對______ 翻譯______
封面設計______ 價格______ 其他________________

您的建議：________________________________

____

____

臺灣商務印書館

台北市重慶南路一段三十七號　電話：（02）23116118・23115538

讀者服務專線：080056196　傳真：（02）23710274

郵撥：0000165-1號　E-mail：cptw@ms12.hinet.net